7

Jul.

她们

阎连科 著

河南文艺出版社
·郑州·

目 录

自序　十年的等待

写一本薄薄的散文，需要十年的等待，这是一种微笑的隐痛。是一个想吃苹果的孩子，为了那颗苹果，就去栽苗种树、打枝浇水，然后看着那苗棵生长，有蓬有冠，而后剪枝嫁接，等往下年或者再下年，直到某一天，果树突然挂了实，小果大果，颗颗粒粒，才慌忙去找到并摘下了那颗他等了十年想吃的粉苹果。

有的写作，其实就是念念不忘的煎熬和等待。

十年前写完《我与父辈》后，做出版的朋友再三撺掇、鼓励我，希望我就高趁热，再写一本关于我家族女性的书。之所以硬着头皮没有写，是因为我不想把我家族中的女性写成父辈一样的人。因为在那块土地上，虽然女人也是人，然那块土地又规划她们终归是女人。她们在那一片屋檐下，在那些院落土地上，在时代的缝隙尘埃间，说笑、哭泣、婚嫁、生子并终老，然后她们的女儿又沿着她们走过的路，或者找寻着自己的却也是众多众多“她人”的路，期冀、欲望和奔波，发达或坠落，沉沦或疯狂，呼唤或沉默。土地固然是着她们的出生地，却也一样是着她们的终老归宿地；都市既是她们的未来之日出，却也是她们的终后之日落。欲望是一种力量，也是一种命运的锁链和绳羁。

偶然决定着必然。

死亡等待着出生。

婚姻与性的盲从，既是一种开始，也是一种早就坐卧在隔壁等待的尾末。

我无法明白她们到底是因为女人才算做了人，还是因为之所以是着人，也才是了如此这般的女人。命运于她们，既是一块放开的阔地，又是一羁逃不开的囚池。她们是和所有男人一样的人。她们也是和所有男人不一样的人。关于父辈和我和别的男人们，我似乎是清晰知道的。关于母辈和姐姐、妻子、嫂子及表姐、表妹们，还有这之外的“她们”，我似乎熟悉却又陌生着。

无从知也就无从写，厘不清也就等待着。

竟然一等就等了整十年。

十年不是我厘清晓然了这一切。而是忽然有一天，我看到在寒冷冬季的村野有人烤火时，耶稣受审那一夜，有仆人、差役和十二门徒中的彼得也在另外一个寒夜烤着火；看见我母亲、姐姐们哭啼、微笑时，也有女人在千里、万里之外的同一时间和她们一样哭啼或微笑。

原来世界不是完全封闭的，常常有些物事是如秤梁遥远的天平秤，或者如板梁遥远的跷跷板的两端样，你在这边动一下，遥远的那边就会上下或颤抖，乃至于惊震或哆嗦。

原来世界的两端是紧紧联系的。

于是我觉得可以写作了。

因为我终于看见她们在这一端地寒冷时，另一端地也会有人身上发着抖；她们在这一端地死亡时，另一端地一定会有默默无言的哭泣声。反过来，另一端地某一处，有新生的婴儿来到这个世界上，我们这边会有人微笑着煮熟红鸡蛋；亦如我们偶然想到竖在天西的十字架，心里隐隐会有来自十字架钉口的血迹缓缓流下来。

我开始相信这一端有个姑娘出嫁了，那一端一定会有一只鸽子从天空落到圣母雕塑的肩头和耳边；开始相信如果我们在冬天笑一笑，天下哪儿的树木肯定会开花结出果实来。

大约就是这样吧。

如此在等待了十年后，突然有一天，我觉得我可以写作“她们”了。

也就动笔很快写了《她们》这本书。

写她们哭，写她们笑，写她们的沉默和疯狂，写她们的隐忍和醒悟。写她们在这一端哭哭笑笑时，另一端的哪儿会有哭笑、颤抖和舞蹈。

2020年3月22日　北京

第　一　章

她　们

一 次 相 亲

一个孩子从不吃饭而长大是桩奇怪的事；一个人不经男女而成熟，也是一桩奇怪的事。

一九八二年底，我轰的一声提干了。一九八三年春，二十五岁的我，窃喜骄傲着回家去相对象了。因为提干再也不是士兵着，再也不打算回到那个村庄与父老风雨同舟、共赴春秋了，于是有一种逆子感。有一种自己是土地的不肖子孙那感觉。因此不愿对人说我在军队已是军官了。不愿在村街上公然穿着四个兜的干部服。就那么怀揣着捡了命运钱包那隐秘，回到家——那个父母亲用他们毕生之心血，为我们兄弟姐妹盖起的瓦房小院内，兴奋并愉悦，却又故意在饭时诉说一些在部队的不易和辛劳。到饭后，在十五瓦灯泡的光耀下，一家人商量了明天就要如期而至的相亲与郑重，分工了姐姐明天一早要把屋里屋外扫一遍，母亲一早要买菜和打肉，中午给我的对象做肉丝捞面条。而父亲——母亲分给他的任务是，太阳出来村庄暖和了，他就躲到我家房后小院的日光下，勿动弹，晒暖儿，甭让我的对象看见他是一个病痨人，一动身子就咳咳咳，吐痰常常会一连不绝大半天。

父亲欣然应允了这分配，兴奋地说这顾虑他早就思想了。早就准备连科相对象时他就躲起来，不让人家姑娘发现他是常年有病的人。

如同一场必要赢下的战争样，虽然觉得为了自己的婚姻让父亲躲避有不安，但也只是想想便敷衍过去了。扭头看看父亲脸上少有的喜悦和红润，并没有真要阻止父亲躲避那想法。时间一滑就到了第二天，太阳一如往日地起将和照耀。地球也依旧匀速和平稳，就连门口和村头的树，也都是今天和昨天一样儿，昨天又和前天一样儿。时间成于时间又败于时间着。不过我们家，到底是不再一样了。我在几个月前成了中国人民解放军的一名军官了。从豫东到豫西，火车汽车地朝夕兼程着，回村至家我要相看对象了。恋爱一炉火样暖着一隅人世、一个家庭和一个人的我。青春的孤寒与冷凉，也许会因为这次相亲而豁然春暖着。春暖花开着。

委实是我人生史中的一个好日子。

姐姐把屋里屋外、桌上桌下打扫得能照出天阙和人影，使人间的伦理、道德和利害，变得清晰透亮、黑白分明了。

母亲买完肉、菜在灶房忙得手脚不够用，把我四婶的手脚也给借了来。

而父亲，早饭一过就躲到后院去。日光和收音机，是他生命的礼物和血脉，日日月月伴着他。

到了上午十点多，也许十一点，总之不到正午对象就来了。媒人是同村一个我应叫他叔的人，在另外一个乡里当干部，穿了一身灰色制式干部服。女的是我们镇上商业门市批发部的批发员，是父亲退休接班而成为“吃商品粮”的人——“有工作”这三个字不是指她有人生事情做。“工作”的要义是她是“国家的人”，而非田野上的耕种者，户籍属于城镇户口那一种，吃饭供给为国有“商品粮”。我们是基于这样“门当户对”的。彼此在人生的前程上，中途都站在了同一平台或者同一命运中转站。不仅这一点，更重要的是，我这同村叔叔是文学爱好者，读了很多书，在我家乡洛阳的《牡丹》杂志上发过诗。而他介绍给我的对象也是文学爱好者，也在《牡丹》上发过诗。

我们三个都是乡村文学家。

“志同道合，有共同语言。”同村叔叔这样告慰我。记得他们到来时，有孩子跑进我们家，大叫着“来了！来了！”后，被母亲和姐姐把他们赶走了。赶走后果真就来了。叔叔行前，姑娘走后，在母亲和姐姐的盛迎下，毫无拘谨地跨过我家大门槛，还边走边和叔叔讨论着一桩镇上的事。然后是进屋、坐下，端着母亲很快煮好的荷包蛋，用筷子搅着沉在碗底的白砂糖，还把她的一条腿，架在另一条腿上晃动着。这一连串的悠闲和动作，很像我家接待过的下乡驻队干部到农民家里吃“派饭”，当时让一直伴在边旁的我，有些哑然和不解，觉得人家不是来相亲，不是准备揭开一场神秘、温馨而又轰轰烈烈的恋爱史，而是临幸我家视察或调研，至于相亲恋爱那桩儿事，文件上没有写，她的上级也没有交代她领办，于是就和她没有关系了。

事情就这样，我客人、仆人样站在屋子里，直到叔叔发现我一直是站着，才“你坐呀”一声让我坐下来。一场人生的恋爱也就这么开始了，宛若大幕拉开后，出场的我是一段木头人。而对方，不是唱戏的演员而是指挥木偶的牵线人。太阳是种金黄色。我内心是种淡水色。门外的泡桐、榆树都已开了花，郁香味在我家院里无度地挥霍和飘洒。鸡和鸭并不妨碍我的相亲与恋爱，可它们还是被母亲和姐姐赶到哪儿了。且在这个节点上，姐姐和母亲，也都出门了，把偌大的院子、时间、房屋、寂静一整儿地都给了叔叔和我和对象。能听到院落外村街上走动着的脚步声。能听到被虫蛀的泡桐花，凌空飘落摔在地上的砰啪声。

母亲给姑娘和叔叔的碗里各盛了四个荷包蛋，给我盛了两个荷包蛋。十个鸡蛋祭品一样祭奠着我的相亲恋爱史。记不得叔叔是否吃完了那一碗荷包蛋，但我把那两个吃完后，对象吃了一个就把碗推在桌子上，说她不太爱闻土鸡蛋里的土腥味。然后我和叔叔就端着半空的碗，出屋朝大门口的灶房送。到灶房叔叔对我说：“你看人家多大方，你是军官你也大方些。”之后我们重又返回屋子里，叔叔推说有事出去了，就把我和她留在了一场命运的遭际里。

恋爱开始了。

我的心跳得像锤子敲在石板上；像雷鸣击在田野上。

她那双深藏在浓密睫毛下闪闪发亮的灰色眼睛，友好而关注地盯着他的脸，仿佛在辨认他似的，接着又立刻转向走近来的人群，仿佛在找寻什么人。在这短促的一瞥中，伏伦斯基发现她脸上有一股被压抑着的生气，从她那双亮晶晶的眼睛和笑盈盈的樱唇中掠过，仿佛她身上洋溢着过剩的青春，不由自主地忽而从眼睛的闪光里，忽而从微笑中透露出来。她故意收起眼睛里的光辉，但它违反她的意志，又在她那隐隐约约的笑意中闪烁着。[1]

这是安娜第一次在见到伏伦斯基时，托尔斯泰写出来的话。

不可避免，苦杏仁的气味总是让他想起爱情受阻后的命运。[2]

这是《霍乱时期的爱情》的开篇和一场久远爱情的开门声。

一切就这样原初着。

一切也就这样结束了。

阳光在院里如绸子落在水里样。鸡鸭不在了，麻雀替代了它们的

1．《安娜·卡列尼娜》第80页，上海译文出版社1989年8月版，草婴译。

2．《霍乱时期的爱情》开篇，南海出版公司2019年9月版，杨玲译。

宠爱从院里跳到屋子里，公然在我们面前觅食吃。墙上几十年如一日地贴着毛主席的像。像下几十年如一日地摆着我奶奶的遗像和爷爷褪了色的黄牌位。家具无声，麻雀却有言。墙壁和墙壁上糊的旧报纸，还有头顶用木板架在空中放粮食的杂物棚，都在昭示着乡村的历史、现实和对人生的浪漫之想象。她总是跷着二郎腿。可我不喜她第一次见面就跷二郎腿。

我们那时在沉默中说了这样几句话：

“你家的麻雀真胆大。”她有感而发道。

我笑笑：“你在《牡丹》上发过诗？”

她很骄傲地瞟了我一眼。

“我发过几个短篇和一个独幕剧。”我貌似随意地对她说，“都在省刊和武汉军区的刊物上。”

“那有什么了不起！”她大声说了这句后，再次看看我，又开始在半空晃着她的脚尖儿。我觉得她的跷腿和晃脚，把所有的时间占满了，把空间占满了，没有留给我任何可说话的闲空和余地。时间和空间，如是她的私产一样和我没关系。就这么默默沉沉到最后，是无言说了提醒她的话，她见我总看她的二郎腿，才悄然止了晃着的腿，把这条腿从另外一条腿上取下来，用盯视的目光看着我。

“我家穷得很。”我这样对她说。

她把目光收回去：“我知道。”

“我父亲有病你没听说吧？”

“听说了。”她又庄严正经地瞟瞟我，突然问了别的事，“部队还会打仗吗？”

“不知道。”我把目光扫到另外某个地方去。

然后无话了。母亲、姐姐和媒人都从门外走回来，要给一对恋人烧饭吃。中午吃了肉捞面。第一、第二碗，端给我的对象和媒人叔。第三碗，端给一直在后院躲避着的我父亲。父亲在春暖中披着老棉袄，脚边放着收音机。收音机里正在播放豫剧《朝阳沟》。他在听着戏，吃着对象没有吃完的荷包蛋，见了我笑着问我道：“咋样儿？”我朝着父亲摇了头。“为啥呢？”父亲惊着问。我犹豫一会儿：“她一到家坐下就不停地跷着她的二郎腿。”

父亲想了一会儿：“那是大方呀——公家的人。”

“是瞧不起咱们家。”我很直白地肯定道。

父亲又想了一会儿：“结了婚咱们分开过，你对她说我不连累你们过日子。”

我想了一会儿如想了一年样：“再说吧。”这是我对父亲说的话，也是对我人生爱情的犹豫和规划。几天后，我离家又回部队了。那时部队一般请假都是包含路途不超一星期。回部队后我给她写了一封信，半月后她回我一封信。之后我又给她写了第二封，二十来天后，她又回我第二封。接着我又给她写了第三封，说如果你觉得我们的关系不合适，我们就到此打住吧。人生总是有很多不得不在中途打住的事。她接到信后便紧赶紧地给我回信说：“我没说不行是你先说的，这儿我要谢谢你！”

一场恋爱也就这样轰然开始、淡淡结束了。来得快，去得快，颇像田野上偶然吹来的一股风。最后要说的两件事情是，我一直说不上来她长得好不好，一米六几的个，似乎皮肤有些黑，可那更为油黑的头发反让她的皮肤润黑而动人，深藏着一股田野的力量和田野的美。另外的一件事情是，那时的绿皮老火车，从我服役的河南商丘到豫西洛阳城，很奇怪去时需要六个多小时，返回也是六个多小时。

人生来回的时间原来是相等的。

恋爱如盛开在那个季节中的泡桐花，美得宛若一场尴尬而壮观的笑。

又一次相亲

当历史溯回至上世纪的八十年代初，南线的战热，曾经在全国掀起了青年男女对军人、英雄的崇拜潮，其让人后味的景况是，当战温被时间风凉后，军队的军官和士兵，找对象成了人道的困惑和疑难。军营成了大龄青年的集中营，因此军官和士兵，父母生病并不一定能请准假，但大龄者说要回家相对象，组织上十有八九会应准。我是以相对象的名义请假回家帮助父母收麦子，可也确实在收麦的时候又相了对象了。农历六月的骄阳烤在头顶上，人能嗅到头发烧焦了的苦煳味，且你在头上抓一把，隐约有一手窝的头发灰。打麦场、将午时，远远近近都是烈日的毒辣和模糊。这一天，我和父亲在麦场上扬麦时，麦场不远处的大堤上，突然开来了一辆吉普车，有个人下车站在大堤上，大唤着我的名字朝我招着手，切急如他或我的生命里生发了一件大事情。

我和父亲都惊愕地呆在麦场上。

——“快点呀！快点呀！”

看清了，那唤的是我家亲戚吉伯伯。吉伯伯甚至唤着还在天空下面跺着脚，这样我就慌忙丢下手中的扬场锨，快步朝百米外的大堤跑过去。见了吉伯伯，他只对我说了一句话：“快上车！”就推着我把我塞到了吉普车的后座上。

车便喘着粗气扬长而去了。

丢掉父亲、麦场、村庄和街道，我裹带着炎热、沉闷和臭汗，窝在陈旧老车里猜测着命运里的新事情。而坐在前排那个为我命运开路的人，当年是我们县商业局局长的吉伯伯，用局长的沉默把氛围凝塑为仿佛我们要赶赴刑场样。在车上，他始终不说一句话，我也始终不敢多问一句啥，直到吉普车开出几里后，一直坐在前排的他，才扭头说我父亲为我的婚姻操碎了心，托人传话告诉他，担心我这辈子找不到对象打光棍。说现在一切问题都天好地好了。说在洛阳百货楼上班的一个姑娘非常愿意嫁给我，眼下只看我同意不同意。并在车上很神秘地交代道，我们今天去洛阳相对象，姑娘并不知道我们去，到百货楼门口他会把正上班的姑娘指给我，如果我相中看上了，他再去告诉姑娘说我同意，然后我再和姑娘真正见面、聊天、谈恋爱。说若我公然见了姑娘又不同意，那会伤了人家姑娘的心。

原来有姑娘没有见我就同意嫁我了。

且这姑娘不仅不是乡村的，不是镇上、县城的，还是我心中的首都洛阳的。那时我的第一反应是，慌忙低头看了一下我的脚——我的脚上是在打麦场上穿脱两便的旧拖鞋。人怎么能穿一双又脏又旧的拖鞋去相对象、去谈恋爱呢。我本能地用我的脚趾和拖鞋在车厢地上拱着和抠着，羞愧得仿佛姑娘正在盯着我的脚趾看。而我那身为一局之长的吉伯伯，这时发现我的头上还顶着很多麦秸花，脸上有一层麦场上的灰："你这样多不尊重人家呀，得去哪儿找水洗把脸。"他说着，又一直让吉普车在乡村通往城市的路上奔驰着。这就又走了几十里，到龙门山下边，发现路边有机井抽水在浇地，便停车让我在路边洗了脸，洗了乡村的尘土与疲惫，也洗了脖颈、头发和状态，然后我们爽爽朗朗、光光辉辉地朝着世界的中心——洛阳奔去了。

洛阳离我家那时是六十公里。当车驶入市区时，我的心跳加速了，于是我常想，爱的程度一定和心跳成正比。当有人问我什么叫作爱情时，我会回答所谓爱，就是为了异性止不住的心跳吧。宽敞的马路，穿梭的公交，来往的人流和林立的楼——于连第一次从郊野到巴黎，看到的是不是也是这景象？均匀竖在路边的电线杆，骑着自行车下班回家的姑娘们，过马路拉手一队的小学生。一座城市的文明在向我招着手。我当即就决定，既然那个在百货楼上班的姑娘没有见我就答应嫁给我，那我有什么理由拒绝呢？何乐而不为！只要她不傻、不痴、不残缺，我都将顺应这门婚姻和人生之安排；都将同意与她风雨同舟、患难与共，白头偕老至残年风烛、岁月枯尽。年龄多大？大点小点都可以。个头多高？高些矮些又能成为什么问题呢。文化程度呢？你自己不也是高中没有毕业嘛。说到长相去，即便她长得不太好，那又能不好到哪里呢？在一段相当长的时代河道上，一个城市的百货楼，势必为一个城市的繁华之中心。是一个城市最热闹的心脏和广场。是人海中最该讲究的城市的脸。人来人往，四季稠密，如此，那儿的售货员长得不好她能不好到天上地下吗？没有什么可以挑拣的。也没有什么可以担忧的。唯一令人不满意的景况是，六十公里很快就到了，可进城后的几里路，却漫长得如从北京到了南京、东京样，让人感叹路的无尽和风景之遥远。

不过几里也终归是几里。

吉普车突然停在了一栋高楼下的街角处。吉伯伯下车看了看他手腕上的表，说时间刚刚好，仿若果熟的季节恰巧吻着秋天般。站在路牙上，他替我拉拉衣服、整整乱头发，神秘地说他到前面大楼的门口朝我指指那姑娘，然后他会像顾客一样去百货楼里转一转。经过很像当时电影中地下党的接头样，掌握了秘密暗号后，我们朝百货大楼的门口走过去。非常庆幸我的心没有从嗓子眼里跳出来，如一只兔子庆幸自己把冬暖当作春天后，又终于没有一跃而入冰天雪地里。忘记她是在百货大楼的一楼售卖布匹还是衣服了。在我看，布匹和衣服本是同门之族亲，分不清彼此是很正常的事，何况我又不是真的失忆而忘记，而是因为过度兴奋和紧张，压根就没看清（没顾上）她的背景和衬托。

一朵正红的花朵盛开时，有没有绿叶不重要。

实说吧，她太漂亮了，把我惊呆在了一个城市的人流里。顺着吉伯伯的手指望过去，我一眼就把她给认准了。不高不矮，肌肤微黑(又是微黑，是天意的安排吧)，将果熟似的脸和正忙着为顾客算账闪动的眼——好像我在哪儿见过她。某种突如其来的熟悉和认定，使我相信姻缘前定的神秘性。我决定要和她恋爱了。要和她结婚生子了。要和她人生共难、赴汤蹈火至恩爱尽头的那一端。

吉伯伯用手指着她的暗示大约用了一秒钟，可我不到一秒就决定要和她结婚了。“看见没？”他这样悄声问着我。我异常肯定地朝他点着头。“是那个穿天蓝色衣服的，可不是穿灰黑衣服那姑娘。”当他再次这样向我确认那个姑娘时，我觉得他的确认和解释，多余得如仲春至来路边绿出来的草。接着他又趴在我的耳朵上，千嘱万托交代道，婚姻是人山高海大的事，就是当皇帝的事情也没有人的婚姻事情大。说千万千万要考虑好，同意是同意，不同意就是不同意，万万不可因为她先同意了，你就矜持随风同意了。

说完伯伯顾客一样朝着百货楼里的人流走，把我留在门口慎度思忖着。而当他汇入人流那一刻，我又一次极度专注地打量、揣度了对方的形象、衣着和忙碌，确认了自己愿意和她相处、结婚是无可挑剔的正确选择后，我无意间发现那姑娘也在朝我看，便慌忙从百货楼门口的人流退到大楼门外了。

天蓝得很，如我的内心一样开阔和明透。

人生和世界是如此地美。我忽然对父母把我送到这个世界汪洋着一种感激心。

过了一会儿——一会儿豆粒般的时间里，吉伯伯满面红光地从百货楼里出来了。我们站在洛阳最中心的中州中路的大街上，以天地树木为据证，确认了我人生乃至是那时及我全家命运最为郑重、盛大的一桩事。

“同意吗？”他问我。

我朝他很肯定地点了头。

“同意不同意你得说出来。”他又笑着逼着我。

我也笑着喃喃道：“我同意。”

“这就好——那我去她家告诉她爸妈，并顺带把你们结婚的日子了定下来。”

又一场的恋爱也就这样偶然贸然地再次拉开帷幕了，宛若太阳出来必有光，春天到来时，山野悬崖的背阴处，也会有鲜花挂在崖头上。吉伯伯和吉普车再又走掉了。他让我在百货楼的门前站着不要动，他很快就会“带着结婚的日子”走回来。我们到百货楼的时间正好是午时一点钟，相对象大约用了八分钟，而从他离开到他返回来，用时大约三个来小时。在这三个小时里，饥饿风暴一样袭扰着我。非常想去对面的饭店吃顿饭，可我身上没带一分钱。就那么坐在洛阳中州中路的路边上，被遗弃的一个孩子般，望着天上的云，地上的人，想等伯伯回来后，第一件事情是要到饭店去吃一碗面。可到下午四点多，待那辆吉普哼哼咔咔地停在我面前，从车上下来的伯伯的脸色是绿的，仿佛谁在他的脸上掴了一耳光。他竖在路边看看百货楼，看看身边卖面的饭铺和人流，犹豫一下对我说："回家吧，到家里再说具体事。"

我们上车了。

我们回家了。

两个多小时，吉普车又把我送到了我们家的麦场边。落日的余晖那时红如火烬着。伯伯是个不爱说话的人，不过回来的路上他还是和我说了一句话："这件事情以后不提了。"待我在麦场边的大堤路上下车后，他看我父亲在麦场收麦子，便朝我父亲扬扬手，对我说他实在忙得很，会议多得每天流汗也开不完，就不往家里去坐了。并让我告诉父亲说，不用忧愁我找对象的事，提干了，当上军官了，哪还愁找不到一个对象啊。

一九八九年还是一九九〇年，那时我不仅结了婚，孩子都已四五岁，而且正在北京解放军艺术学院文学系里读着书。那年春节我们一家人回到老家过年去，在初二走亲戚的日子里，早已退休的吉伯伯，提着礼篮到我家里来，笑着说我在洛阳百货楼见的那姑娘，在《洛阳日报》上读到一整版的《洛阳地区出才子》的文章介绍我，还登着我的彩色大照片，那姑娘就专门找到他家质问他，为什么给她介绍对象时，没说我会写作和爱写作。"她和她家都后悔了。让她们后悔才好哪！"伯伯这样说着笑着望着我，直到这时我才明白，那姑娘的母亲是吉伯伯妻子的妹妹或姐姐，他们两家是"一条船"。而我第一眼见了颇感熟悉那姑娘，原来长得像吉伯伯家的大女儿。

明白这些后，我对伯伯很尴尬地笑了笑。

世界上的许多事，收场之后尴尬地笑笑也是一种美。

聊言之一

信马由缰的闲话是可以叫作聊言的。

现在让回忆踮着脚尖在身后追着自己找对象的过往与经历，“缘分”两个字，就界碑一样竖在了自己的人生路口上。可当你有一天，重新回到那个路口手扶界碑去寻找方向时，又发现什么缘分哦，纯粹是偶然。当佛把偶然、无定的联系与分离称为缘分时，也正是对偶然、无定不可解地逃离、回避才使用“缘分”一说来遮蔽、模糊这种不可解。

其实，所有的命运都是偶然决定的。

偶然与偶然相遇的结果才是必然吧。

如果那次相对象，她不跷二郎腿，她和我的命运会是什么样？这么短暂、微小的一桩事，却影响着这么长远、重大的人生与命运，仔细想想这也太可怕了吧，宛若为了一只蚂蚁的行进，一列火车就刹车改变了方向样。

如果吉伯伯是个爱说话的人，什么事都要说透弄个清楚和明白，我和洛阳百货楼那个姑娘会是一家吗？

人们所有的活着、行走与努力，都不是在偶然中去寻找必然的，而是为了在必然中去相遇偶然的。当相信偶然决定必然、并是决定人生与命运的关键之键后，那么许多事情我们都可以释然了，放下了，去坦然面对了。哪怕一抬脚，走错了门扉进了监狱里，你也会在心里幡然醒悟地对自己悄悄说——

哦，这也就是人生啊！

第 一 次 相 亲

1

原来人的命运是被偶然决定的。

原来我们都是为了相遇属于自己的偶然才努力活着的。

不知道我是哪一天遇到了一个什么偶然就突然决定这辈子要离开土地到城市去，决计要把一个农民的身份抛下，把自己变成一个城里人。也许是父亲在奋力举镐刨地那一刻；也许是母亲在面对生活悠长叹息的那一瞬。也还许，是在我放学的路上，看见公社的干部手提水瓶、哼着小调，用条匙敲着瓷碗去公社食堂排队吃饭的某一时。总之说，似乎是在我刚刚懂事时，我就决定自己这辈子一定要逃离土地到城里去。

要誓死做个城里人！

在“表现狡慧——出人头地——嫁娶入城”这三部曲的农村青年奋斗史诗里，我没有一步、一部的超越和漏落。在军营为了得到荣光与表扬，曾经把连队早上打扫卫生的扫帚、铁锨藏在被窝里，目的是在第二天早上起床号没有吹响前，可以独自在军营里扫地和除灰。可以在周末种菜时，和别的士兵一道卷起裤腿，跳到厕所的大便池子内，用双手去铲刮凝结在便池底部的大小便。也还可以为了见报和立功，在“七一”和“八一”还未到来的前一个月，就把歌颂党和军队的诗歌与散文诗，早早地写好寄到报社去，等待“七一”“八一”到来那一天，诗文刚好登出来。

曾经不断给班长端去洗脚水，给排长和连长洗衣服。

曾经在训练中因跳不过木马、翻不过大轮环的单杠而睡到半夜两点爬起床，独自在操场加班训练至天亮。

也还曾经完全不知为什么，在新兵连的射击比赛中，莫名地十发子弹打了一百环。第二天，代表全团的新兵到师部去比赛，十发子弹卧姿一百米，又妥妥打出了九十八环的高分来，把团长高兴得一直拿手去我的脑壳上拍，仿佛他不经意就抓到了一个彩蛋般。不断的表扬和嘉奖，嘉奖和立功，命运的大门在我面前洞开得四敞八亮着，仿佛人类所有的光，都集中照耀在我的前程上。然而间，一九七八年十月到军营刚过三个月，下年二月南线的战温高热起来了。因此间，在整整三年士兵的生涯里，我都是在惊恐和不安中度过的。直到一九八一年的一天里，上边基于大批在前线立功的士兵们，凯旋回到军营，多都从士兵荣升为军官后，连队往往四个排会有五到六个排长挤拥着。一个连长或指导员的椅子上，往往有两个屁股四只脚。而营团里的位职亦如此。于是军队从长远着实去计想，突然下文铿铿锵锵说，以后所有部队都不从士兵直接提干了。要提干必须是从军校毕业或在军校的文化大队培训过（相当于中专学历）。而考军校或到军校文化培训队的人，又必须是党员、班长或者副班长，年龄不得超过二十周岁，三者缺一都不得报考军校去。

如此地掐指一算计，自己虽然是班长和党员，可年龄在入伍时已逾越二十周岁的分水岭，于是内心反而坦荡实落了，宛若人在绝望后的放松感。

横竖不能提干了，也就不屑于理想思想了。

世无狼心，羊就可以逍遥在天空之下了。

要求退伍，精算未来——已经是党的一分子，村支书有意让自己回去接班当村长，进而荣升为一个村委会的一号人物村支书。再说已有几篇小说由手写变为铅字了，如果神能光顾我一眼，到县文化馆、图书馆做个“有工作”的人，也不是没有可能的事。也就决计回家了。任营里、团里怎样以人才的名誉谈话和挽留，都是一只兔子必须要从春窝搬入秋巢或者冬窟里的事。

一九八一年的冬，和任何时间的冬天相似着。辽阔的豫东平原上，云卷云舒，落叶无尽。人生的沉默在商丘市的大街上，用脚步说着“再见！”“再见！”的感伤和别语。一百二十几元的退伍费，两个月一百三十几斤的全国流动粮票都已装入我的口袋了。给父亲、母亲各买了一套衣服和礼品，给哥嫂、姐姐也都买了礼物并有小糖和糕点，还有回去见人必敬的过滤嘴香烟和为人点烟的打火机。专门接送退伍军人的绿皮老火车，我入伍时它停在商丘火车站，走时它还停在那个火车站，仿佛三年来，它把我们送到这个平原上的军营里，而它在这三年都没走，一直停在那儿等着我和别的乡村青年回到土地上。

欢送的鞭炮和锣鼓，在极度简陋的站台上喧嚣烦闹着，一如在人的内心悲凉时，用旷野篝火来安慰心灵样。几乎所有退伍的士兵都在哭。几乎所有来送行的军人都在站台上招手笑着擦眼泪。我不知为何没有伤悲也无什么喜悦和激动。没有向谁招手告别也无意向谁去拥抱。听见有一对战友告别时，彼此含着眼泪说："下年还不能入党和提干，你就走了吧。"而那另一个，在车窗下的回答把我的灵魂都震得发抖了——"我等着去打仗。踏上前线就是死了也心甘。"

在一节车厢的门口上，另外一队战友告别时，则说了另外一番喜人的话："回去写信啊——别告诉我对象我连班长都不是。"而那登上车厢的，回身招着手："我真和她结婚了，会给你寄烟寄喜糖——"唤叫声把整个站台、天空都给暖热了。人心好得很。人心也嘈杂糟得很。一世界都是人类的善爱、悲伤、情怀和猫与老鼠的计虑和推算。我提着、扛着行李夹在队伍中，登上了火车偏后的一节车厢内。茫然如整个天空和豫东平原都空无一物搁在我心里。不知为何又忽然意识到，我当兵的目的是要逃离土地进城去，是想在城里娶妻生子安家的，是决然不要再如父母样一年四季、风雨无阻地手脚和土在一起。可现在，三年的奋斗和担忧，到头来却又要回到那个村落里。回到那块土地上。如同落叶归落叶，草还归草地，而牛马，必然重新回到它的车辕和耕地上。

落了泪。

这为命运伤感的泪，混淆了人们伤别的愁绪和温情。冬暖的太阳在天空冬暖着。吵闹的喧嚣伴着吵闹喧嚣着。不知道那时的时间是比先前脚步快了些，还是比先前慢了些。而我是恨不得火车在一瞬间里就开走。一走了之的心情有诀别的毅然在里边，可那火车却又死死地僵在铁轨上。为了离开这烦泼和伤愁，我把背包、行李摆上堆积如山的行李架，独自坐在车厢一角望着哪儿，让告别的时间缠绵成团儿，由我的双脚将它踢到别处去，扯成坚韧柔长的细线把别人和别人牵在一块儿。

我就那么木呆在车厢里的一角上。

有人用很奇怪的目光打量我。也有战友过来安慰说："你都入党了，还这么伤感干什么！"

一片军装没有艳红的领章帽徽时，原来是那么地庸俗和难看，仿佛绿旺的果树沦为干野荆般。而如我样脱了军装又买了别色衣服的，蓝的、黑的和正灰色，则没有一人是穿在身上可身恰好着。

我就那么看着这节车厢里的乱，听着车厢外的鞭炮和锣鼓声，及来自宣传车上大喇叭音乐的雄壮和悲凉。

火车应该快到启程的时间了。广播里在广播让送行的军人、战友赶快离开车厢到站台上。人生的驿站将要从这个狼烟滚滚的烽火台，到下一处寂寥或者安好的驿站上。我隔窗盯着站台上到处都是再见的招手和张开大唤着什么圆洞洞的嘴。凌乱来往的脚步如同集市上毫无规范纪律的脚。这时候，不知道为什么，那凌乱又忽然齐整得朝向两边退过去。站台上迅速打开了一条宽阔的路。原来是团长崭新的专座吉普车，从站台的西端朝着东端急急开来了。接着那吉普似乎走过了头，突然刹车停下来。团长从那吉普车上纵身跃落在站台上，大唤着什么返身朝回跑。

所有开着的车窗都挤满了人头朝外看。之后又有人扭头在车厢里把目光落在我身上。不等人们把事情弄出个所以然，我和满车厢的人就都听见团长登上我们这节车厢大声地唤：

“——阎连科在哪儿？！”

“——阎连科在哪儿？！”

我慌忙从座位上弹起来。跟着高大的团长就从门口炮弹一样射到我面前。他迅疾地在我头上拍了一巴掌，而后切急切急地说了一句话：“你可以提干了——快提上行李跟我下车去！”

我茫然无措地立在那儿，仿佛没有听清团长说什么。

而团长，这时脸上露出粲然的笑，告诉我说（原）武汉军区战士文工团在北京全军的汇报演出中，获得了集体第一名，作为奖励和对人才之重用，总政治部首长给武汉军区特批了一批提干之名额，要专门把这些战士演员、歌手和乐器演奏手，统一直接提干留在军营里。而在这一批特批的提干指标中，我因为创作的独幕话剧《二挂匾》，在演出中深得观众和首长之喜爱，还获得了什么节目奖，所以我作为创作之骨干，名字也进入了那个预提干部的名单里。团长是刚刚接到电话通知的，所以这时才赶在退伍的火车启程前，要把我和我的行李还有“退伍军人证”，一并收回到那座大平原上的军营去。

这是人生的一份最偶然、额外的幸运通知书。当时不光是我被亲爱的命运的重锤所击中，而整个车厢的退伍军人们，都被这来自天宇垂直降落的馅饼的重力给砸得头蒙了。整节车厢连一点声响都没有。所有的目光都聚在团长的脸上和我的命运上。而那时，我头脑中适时闪出的一句思考是：“天呀，前线还在打仗呀！”

而团长，见我蒙寂在他眼前不说话，看看手腕上的手表最后通牒道：“这样吧——要提干你现在就下车，不想提你就坐着火车回家去。”

“我能不能回家和我父母商量商量呢？”这是我那时说得最为适时、得体的一句话。

团长想了想：“准你回家一星期。七天内你从家里回来了，我就给你提干了。七天内你没有返回军营里，我就把这提干指标退到上边军部去。”

事情就这样成了呢。

说有光就有了光。

说有水就有了水。

当人生搭上命运的顺风车，老旧的绿皮火车正变为“和谐号”的快车时，那轨道的左转和右行，掉头或前行，似乎和谁都没有网联了。这是多么危险的一桩事，我差一点就被命运把我从车上抛下去，只是在车要走到前几秒，上帝才想起文学与艺术，也是他给人类的一件灵魂物，他不能只管人们的活着与生存，还应该在不忙的时候过问一下人的灵魂物。

哪怕那东西有时是灵魂，有时只是依附灵魂的一坨肉。

感谢命运！

感谢哪怕它只是肉体活着的依附物——文学与创作！

2

事情就这样成了呢。

说有光就有了光。

退伍后重返部队提干并没有给家人带来惊喜和欢乐，反而带来了一夜的不安和沉默。因为那时从中越边境前线传来的枪炮声，还总是响在中国大地的各个角落里，虽然我所在的部队没有上前线，但军人是战争的饥饿之食物，让每一个人都同感身受着。我是那天黄昏到的家，当向全家说了部队还让我回去提干后，一家人都不再为我的归来喜悦了。不光是战争，还有父亲的身体日渐之衰弱，哥哥在外工作，大姐、二姐都已嫁人，家里急需我回来劳作种地，照顾父母。可我一到家，却告诉父母说，部队还要我回到部队提干去，并且说反正要返回，我的背包就让团长带回留在军营了。

一床盖了三年的旧被子，要与不要无所谓，但那表明我想离家提干的态度了。于是家人饭后沉默着，为到底我返不返军营去提干，犹豫、纠结和矛盾。从黄昏一直延续到半夜，直到深夜十二点，哥哥半夜下班，从县城沿着一条小路在水边摸黑骑车走了三十里，赶到家里告诉父母说，连科爱写作，他回到家里这爱好连一点用处都没有，就是县文化馆里需要这样的人，我们又有什么关系能让他进入文化馆？

“让他走吧，家里多大的困难都有我。”哥哥的话最终把一家人的纠结开解了。都同意我逃离土地重返军营了。而为了解决家里种地无人手、父母需要照顾这实在中的实，常给父亲看病的医生出了一个好主意，说尽快给连科找个对象让他结个婚，什么问题就都解决了；家里有人照顾了，他也可以回到部队提干了。

倒是两全其美的事——可我的人生之愿是离开土地要到城里安家呀！

倒也不失为一种开解人生套环之良方，毕竟我已过了二十三周岁，到了该找对象的年龄了，何况那时在乡村，二十二岁没有结婚就算大龄青年了。然而任谁都难以想象到，当找对象的事情被列入议事日程后，那快马加鞭之速度，要比中央文件的落实快到千万倍。说找对象是第二天上午间的事，到下午，医生就领着一个同村姑娘到了我家里。

阳光。小院。一家人的忐忑和喜悦。还有我不知所措的懦弱和沉默。我一生都没有预想过我的对象应该是什么样的人。没有想过人的恋爱的方式应该是怎样地开始和行进。甚至爱情的物形、斤两和她在人生中的精神含义与肉体之比配，或说世俗的爱和精神的爱，哪个更为重要或者不重要，这在我今天的思想里，都如人们无法说清春种的三月重要还是收获的秋天更重要。我是一个人生的路盲、色盲、语言盲，也还是人生两性中的爱情盲。在《失明症漫记》那部著作里，作家写到失明者中的女性被人强奸时，那女性愤怒地反省思考道："最惧怕的倒不是遭受强暴……最糟糕的是我们有快感！"[1]萨拉马戈是真的了解人，知道人。识人如同人知天象宇宙的不可测。

小院、阳光和那年冬天的寒冷与温暖。事情就这样到来了。世代中国婚姻中的媒人之角色，绝不简单是我们经常嘲笑的机巧、花言和

1．《失明症漫记》第156页，南海出版社2014年3月版，葡萄牙若泽·萨拉马戈著，范维信译。

谎话所构成。中国千年不衰的婚姻史，和人口盈增的庞大与不息，其中的媒人是有着重大功绩的。

大约下午三四点，有一高一矮两个姑娘跟着媒人到了我们家。高的瘦一点，矮的微胖一点儿，她们都脸色通红地坐在我家上房里。过了一会儿，我被媒人叫着推到了东边厢房屋，之后那瘦的高点的，也被叫到了我家东房里。“你们说说话。”媒人这样说着就又出门去，并把屋门关上了。屋里窗子小，光亮并不好，就是白天也需要开着灯。在这个东厢小屋里，当兵前的多少年，我都住在这东屋靠南的小间内，床、桌和墙上糊的旧报纸，屋顶用芦苇结的方格子，方格上又用报纸铺的天棚顶，一切的熟悉都如我从来没有离开过这间小屋样。我是在这间小屋开始写作的。她坐的地方和椅子，就是我最早偷偷开始写作的地方和椅子。我坐在她对面几尺远的床沿上，我们彼此望望沉默着，都把头勾下不说一句话。那时我第一次体会到时间有重量，重起来每一秒都可以把人的头颅和尊严，压得如虫子活在石碑下边样。也就那么沉闷着，让时间压在屋里、压在我俩的头上和肩上，还有彼此的人生未来上。也许她在等着我说一句话，比如问她一句“同意不同意”。可我终于没有那样去问她。我也担心她会突然问我这样一句话。好在她也终于没有说出这句话。好在这沉默、沉闷只过了几分钟，她突然再次抬头看看我，起身朝屋外走去了。

她去灶房帮我母亲洗菜烧饭了。

在洗菜、烧饭的空闲里，她还拿起笤帚扫了地，把我家灶房、院里的垃圾和煤灰，集中到簸箕里端到门外大街上，倒在了各家门前的垃圾坑。当我看到她去我家灶房帮助母亲烧饭时，我的心朝深远不明的地方沉下去。看到她完全如我父母的女儿——我的姐妹一样端起父亲因哮喘咳吐的痰盂去倒、去洗时，我知道我的婚姻躲无可躲、退无可退了。

善良和勤劳，无声无言地决定了这一切。

那时候，我从东屋出来站在院子里。又从院里走到我家后院木在那。后院共有二分地，有一棵椿树两棵泡桐树。自一九七九年二月的战争始，父亲每天、每夜都在那儿莫名地思虑和走动。他不理解世界上为什么要打仗，不理解人为什么不可以不打仗。那椿树和泡桐，见证了父亲对他儿子的思念和不安，直到他的身体彻底垮下去。父亲把他未完的人生交给了我。现在轮到我在那儿发呆了。无论是战争还是活着与生存，无论是婚姻、爱情、善良与美好，一切都归结为人生命运的扭结和纠缠。终于父亲把他一生没有想明白的事，交给我来思考了。见证了父亲思考的椿树和泡桐，现在又见证着我的沉默和无言，直到媒人医生从外走到后院里。“不错吧？长得好，又勤快，你们家正缺这样一个人。”这样说着笑一笑，他又从后院出去了。之后不知道外面有了什么喜悦和商定，二姐从外面跑到后院里，用很严肃的声音问我说：“你同意这门亲事了？”

我有些愕然地望着我二姐。

“不同意你赶快说声不同意，迟说就来不及了呢。”

这是二姐那时作为姐姐、女性给我说得最为中肯周正的一句话。可那时我说不出“不同意”这三个字，如我这一生都没有向谁正经八百地说出“我爱你！”懦弱是我的人生之痼疾，它终生都如鼻子眼样陪伴着我。拙于言辞之怯劣，让我今天成了今天这样儿，一如风成就了风，土成就了土，北方的花草和树木、河道和山峁、天宇和气候，终于让北方人成了北方人。

也就这样有了对象了。

记得母亲给人家的订婚彩礼是一百元。就是这少而又少的一百元，人家还千推万辞不肯接，说父亲常年有病每天要吃药，这一百元应该留给父亲治病用。据此我常想，善良作为人的美德存在时，在女性身上是更易招引悲剧的。男人的善，常会滑入、落坠到无能的深渊里。而女人、女性之善良，又多都注定自己一生之悲凉。不是说恶是人生美好的推动力，而是说，是什么土壤才让大地长出的苹果有苦味，让甘甜的杏和梨子挂在树上还是杏和梨，而一经摘下落到人的手里和世界，就成了杏干、梨干或腐物？为什么在我们的世情环境里，男人的善良常常是无能，女人、女性的善良又最常招来恶或悲剧呢？

3

回到部队我并没有云开日出就提干。

因为提干实在是人生的一桩大事情，不知道家在哪儿的上级就决定，我们那批整个武汉军区的战士文化骨干兵，要经过半年的专业培训才可以由士兵跨入军官层，于是那些吹奏演唱的，都到了军区文工团里培训和学习。而我和另外几个文学爱好者，到了军区文化部下属的一个内部刊物《战斗文艺》编辑部里去学习。而这所谓的学习和培训，其实就是在编辑部里接接电话取取信，把看完的报纸夹在报夹里，从自然来稿中，用剪子把信封剪开来，看有没有“吓人一跳”的散文、小说和诗歌。

那是一段漫长的等待和焦虑。在别人的不安等待中，担心的是万一不能提干就要退伍回家去。而在我的等待中，不安焦虑所追加的，还有万一提干了，我和我的对象该怎样地厮守和相处？在家时，我们见过两次面，一次是初相对象那半天。另一次，是几天后我离开家要返回军营时，她又到我家去送行。送行时她没有给我什么信物纪念品，但她把她家舍不得吃的粮食给我家背了一袋儿。

我就这样别她离了家。

就这样回到部队给她写了信，她也适时给我回了信。一切的问题似乎都出在回信上。夏天的武汉极度地热，蚊子在那个世界幸福得无时无刻不在唱着歌。大约是在十月间的一个夜晚里，为我们争取到了提干指标的文化部长到了我住的筒子楼，扯着他女儿，提了一兜黄香蕉，到我屋里说了一些我们学习、培训上的事。说了我小说写作上的事。末了很歉疚地取出一封打开了的信，说非常对不起，因为那信寄到了编辑部，大家以为是自然来稿也就剪开了。剪开才发现，那是我对象写给我的信。接着部长说请我别介意，大家发现是我对象的来信并未看那信，只是看了掉出来的照片都说我对象长得好，都祝福我找了一个好对象。然后便都沉默了。电风扇在屋里吹得地动山摇着。汗在我脸上挂得密集而沉重。部长几岁的女儿闹着要回家。他把女儿抱起来，催我尝吃一个香蕉后，说那年湖北的香蕉特别好，柔美的甜味在历史和现实里从来没有过。之后在他起身要走时，又忽然立下脚，谨慎小心地问我说："你对象什么文化程度呀？"

我擦了一把脸上的汗："小学吧。"

"哦"一下，部长抱着女儿就走了。可他走到门外一会儿，又慢慢回来立在门口上，异常认真地看着我："我觉得我们这批文化骨干里，你可能会真的成为作家呢。我也是从农村当兵进城的，提干后才在武汉找了对象成了家。"说到这，他注目盯着我，从我脸上看到什么才又接着说，"提干后在农村找对象没有什么不好的。我的意思是……"他又停下来，想了一会儿，把怀里的女儿从这个胳膊换到另外一弯胳膊里，"我的意思是……为了你好，你要和你的对象真的吹掉了，你得首先保证她不会到部队来告你，保证她不会把告状信写到组织上。”

部长说完就走了。

他似乎完成了他人生中的另外一件事。步子明白而轻快，身影在那个年代里，被灯光长长地拖着和我的记忆连在一块儿。这让我想起我所在部队新闻干事的婚姻、人生和命运了。他因为提了干，和城里一个姑娘谈了对象后，就把农村的对象吹掉了。而就在他刚结婚的几日里，农村的姑娘把告状信写到了军队组织上，组织上因为他喜新厌旧给他了一个警告记过的大处分，并让他一定要安排好农村对象的情绪和人生，说那姑娘如果连续告状到部队来，那就只能开除他的党籍和干部职务了。而在这桩婚姻纠缠中，更重要的不是他旧有对象的告状信，而是他城里的妻子知道他在农村曾经有过对象后，砸了锅，摔了碗，并把气极的耳光赠送到了他脸上。从此干事就在妻子面前矮人一等了，除了烧饭、洗衣、写稿和读书，就成了妻子隔三错五怒吼发泄的出气筒。

还有我们村庄的——主人翁大我好多岁，比我“保家卫国”早几年，经过奋斗和屈辱，终于出类拔萃成预提干部时，在干部任命书即将盖上最后的上帝之印的前几天，他的对象从老家到了部队里。他将她安置在团部招待所。然在那天晚饭后，在军营熄灯号还未及吹响的那段情爱时间内，他和他的对象独自坐在招待所的房间里，这时军营停电了。光明的世界一下退回到了原始幽暗里。于是整个招待所、军营和世界，一皆变得暗黑了，要点蜡烛照亮人心了。可这时，他们没有点蜡烛，也没有从黑暗的房间走出来。

就这样，他们在黑暗的爱里过了半小时。

半个小时后，营院的断电修好了，光明、秩序、纪律和人的意识之规范，都完好如初地回到了军营和这个世界上。可是第二天，我的同乡被组织叫去谈了话，通知他不再是预提军官了。缘由是在昨夜停电时，他和他的对象没有从暗黑的房间走出来，也没有在房间把备好的蜡烛点起来。漆黑洞洞，人性原初，大家都在光里你们一男一女在黑暗里边干了什么呢?

能干什么呢?

又干了什么呢?

一切的解释都是徒劳和没有证据的。

在一个特定的时代里，谈论爱情是一件羞耻的事。那个时代庞大而完整，社会的每一个部件都和个人人性的每一部分重叠吻合着。而人性的每个零部件，包括思想、情感、精神、灵魂等，也都是时代部件的组成和分配。那时候，没有谁能脱开时代设定的婚姻与爱，也没有谁能脱开时代而莫名地仇怨、记恨、荣辱和进取。善是建立在国家意志和时代意义上的善，美是建立在国家和时代意义上的美。人被固有的不仅是工厂、矿山、学校、商店和街道，还有人的意识、情感、婚姻和性爱。

我的同乡就这样从预提军官的名单中被拔草一样剔除了。

他就这样又退伍回家了。

而他的对象就这样成了毁灭他一生前程的罪人和恶人，结婚后为他生儿育女、做牛做马，都无法偿还她给他及全家人一生所带来的损伤和变故。因为她知道，如果没有爱，没有在那断电暗黑的半小时，她因爱他而顺势拉了他一把，并把头靠在了他肩上，他和她及他们的子女们，都将不是农民而是城里人。

命运真的是牵一发而系千钧。送走部长我又回到了屋子里，灯光昏黄，时代更替，但毕竟已不是我的同乡所处的那个时代和四围高墙、铁网的招待所。这个承载了太多中国历史转折的八十年代初，光像光一样，人像人一样，我就像我样。在那屋里站了一会儿，从部长拿来的信里抽出对象的信。信封是那时印刷通用的白信封。剪开信封的剪痕还留在信口边。她的信写在一张红线横格的信纸上。未及看她在那半页纸上写了怎样的句子和内容，那本已了然的意外就再次刺入我的眼睛了——那刺我眼的不是她写的字，而是她不会写的字，都用拼音替代和标注。那拼音替代的字数大约有信的四分之一强，似乎信就是用密码拼音写成的。实在说，早先她给我写过几封信，那拼音的替代并不让我多么意外和惊讶，因为我知道，她小学没毕业，只读过二年书，能把拼音写好都已是一种努力和聪慧。可在那一刻，事情似乎不再一样了。属于我个人的隐私被人知道了。揭开的是伤疤，流出来的是脓血，而引人议说发笑的，则是那血水摊开后形成的一朵花非花的花。她的照片从信封里掉了出来了。照片是一张那时照相馆才能出产的寸形人工涂彩照。她依然的一脸纯净、善良和一心一意的执着与朴素。可景况就在那一刻，我的世界被来自四面八方的无形羞辱夺去了。我是那被羞辱的中心和靶标，而她似乎是我被羞辱的全部和源头。我在那一瞬的漫长时间里，人不再是了人。我也不再是了我。恶从我的内心升将起来了。魔已经完全占有我的灵魂了。我不愿再去替她着想了。也不愿再替时代、组织、父母和家乡那块土地着想了。我已经不是我。我是真的那个我。我即是我的时代、人生和命运。我又不是我的人生、时代和命运。

在一片混乱的思维中，我决定要破釜沉舟地试一试，决定要朝毁掉别人而成全自己的方向走过去。

为了不使她的回信重新回到编辑部那每天都有一麻袋用剪子剪开的来信中，我度日如年，煎熬备至地等到半月后，从武汉学习结束回到商丘的军营里，终于动笔给她写了一封长如长城、固如长城的退婚信。今天去回想那封长而又长的信，我想我一定在那封信上写了一千、一万个“对不起”，并动用了一个文学爱好者所有的才华和男人的虚伪与假意，去无尽地放大自己的“无奈”和“不得不如此”的借口与措辞的美，不然她怎么会在不数日的长长回信中，历数了她对我们家的好，历数了我作为“陈世美”的不义和恶，而在那信的最后一句说：“你放心，我不会到你们部队去告你。也不会给你们部队写封告状信。尽管我知道我一告你你就全完了，不能提干了，要回来和我一样种地了。我不会怪你阎连科。我只怪我没有好好读过书。只怪我的命不好。只怪我们都是农民谁都想过上好日子！”

那封信几乎没有错字和白字，也没有一个拼音夹在叙述里。到今天，我都不知道那封信她是找谁回我的，字迹的好，和她的行为一样端正和素洁。倘若今天我还留着那封信，或者有一天，她或不知是谁，从哪个世界的角落翻出了我给她的信，这个世界和我家，会对我淡然一笑还是勃然而怒呢？

4

生活很早就像小说了。

当现实呈出故事的力量而战胜虚构时，我为小说家的想象而汗颜。羞愧让我以作家的名分跪到生活面前去，宛若悔悟让信徒跪到神的面前去。

我的儿子将近两岁时，我第一次和妻子带着他回到老家过春节。田湖镇还是那个田湖镇，东西的街道还是东西主街道。车站的天空还在天空上，而村里的柴草、纸屑和冬天的雾，也还是那样伙同北风边走边聊在北方大地上。婚姻的事，终于掀过了那一页。孩子的出生，填补了我生活中几乎所有的缺失和漏洞。我们一家三口拉着手，和世界上所有幸福的一家三口样，行李、书包还有提在手里的各种物，见人必要递烟、说话的热情和特意找回来的家乡方言腔，应有尽有，一应俱全，圆满如每月农历十五起升在村头的月亮般。可走到大街的十字路口时，我的对面忽然走来了一个人。

没有错，就是她！

短短的几年间，我走完了屡战屡败的相亲路，而最终逃离土地后，终于到了少年、青年的梦想地——在城市的一桩婚姻中，歇下了一个乡村青年丑陋疲累的脚。而那个成全了我的人，就像有意这时回来和我见面样。她从我迎面走过来，背上背着很大一个蓝包袱，左边有个三四岁的姑娘扯着她的衣襟儿，右边还有个两三岁的姑娘扯着她右边的衣襟儿，而在她的怀里边，还抱着一个女娃儿。更为重要的，是我们一步一步走近时，我看见她又怀孕了，肚子鼓得和她背上的包袱一模样。她就那么慢慢拖着脚步走，背负着我留给她黑暗的人生和命运，像驮着世界上所有乡村女性的苦难朝我走过来。

我立马呆在路的中央愣住了。扭头刚好看见路边有上帝设在那儿的男厕所，便慌慌拉着儿子拐进了厕所里。今天去想那时的窘迫和难堪，是知道那一厕脏地正该归我的存留去处呢，只是不该把儿子拖进那个脏地方。

在厕所里做了不需要的事，磨蹭了足够的时间出来后，我和妻子、儿子若无其事地拉手回家了。又几天，正年间，见到村里熟知根底的人，方知她在我刚刚提干的日子里，找了婆家远嫁到离我们镇几十里的深山区，丈夫也是"有工作"的人，在国营的一家煤矿下井挖煤窑。她因为一连三胎都是女娃儿，所以要超生回到娘家生孩子，缘此我们碰上了。

也缘此，我们再次分手了，是人类的一处污地收留了我。

聊言之二

难以想象让婚爱成为我们个人和家庭、而不是时代之配制，曾经是我们民族忽略的一桩大事情。时间跨过一九四九年的门槛后，婚姻中的新观念——超越媒妁之言和门当户对的“革命婚姻”，曾经在数十年里挤压着每个个人最应该主宰的上天赋予我们的恋爱、婚姻、家庭和自由隐私权。可在很长很长的日子里，我们太多人的恋爱与婚姻，只要你成为“公家人”，“有工作”，你的婚姻就必然要成为时代的配制和组成。你爱上谁，谁爱上你，需要组织的审查、批准和盖戳。你不爱谁，谁不爱你，同样需要组织审查、批准和盖戳。戳印主宰着这一切，就像日光、风雨和温度主宰着万物生长样。

在短暂而漫长的相亲道路上，我和所有的人都一样，挑选别人也被别人挑选着。曾经有同族的姐姐在洛阳给我介绍了另外一个女青年，是洛阳一家街道乒乓球厂的女职工。姐姐来信说，让我把照片、身高、腰围、体重都量好、写好寄给对方去。我盯着来信思忖许久回信说：“为什么？是要预估一头猪的体态品相吗？”我忘了八十年代初，西风东渐、港风劲吹时，不知为何在找对象的过程中，特别注重男女双方的“三围”成了时代之时尚。还有一次是一九八三年初，早我几年当兵的同乡战友结婚了，为我二十五岁还没有对象分外地急，决定把他认识的一个女军人试试介绍给我。女军人的父亲是我们县里的武装部长，她正在军队的护校读着书，毕业就是军官女护士。这让我觉得有些高攀的忐忑和不安，可又想试试叩磕一下婚姻的门。于是就大胆写了一封信，人家礼貌得体地回了信。见没有遭到回绝的冷，便觉得春天就在黎明间，于是在战友的爆热鼓动下，我又写了一封更有温情诗意的信，人家又回了一封仲秋般不冷不热的信，于是我和战友觉得可以发起攻势去抢山占地了。

我明悟，在任何战争中，进攻总是强势总为主动者，便调动了所有的文学才华和辞藻，华丽、婉转、美妙和暗喻，如果那封信现在还在她手里，我想它一定是古今中外求婚者的又一个令人作呕的范例和范文。可结果，人家一周没回信。半月没回信。一月没回信。我和战友着急了，如同种上小麦就渴望麦收般，恰好那时开封的《东京文学》发了我一篇小说——妈呀，还头题！战友从邮局买了杂志后，就匆匆寄给对方了，这次不日人家回信给我战友说：“有能耐让他去考大学，不是还是没有学历嘛！”

我忘了那个时代是属于学历的时代了。中专、大专和本科，学历是那个时代最为黄金的婚姻与升迁的通行证。今天去回顾那时急脚快步的求婚路程时，才发现婚姻从来都是大时代的一部分。它从来都不单纯地属于个人与家庭。原来时代无时无刻不在左右着我们的家庭和命运，也包括今天已经相当个人化的婚姻和性爱。

原来千年的媒妁婚姻被打破后，婚姻权被悄然转移到革命和时代的名下了，并没有真正、完全地交给婚姻者的个人手里边。能让自己的婚姻不与时代相勾连，一定是我们时代的智者、幸运者。能让婚姻不与家庭千丝万缕的利益纠缠在一起，那需要多大的勇气、智识、境界和牺牲。而公章，又是这个时代和权力在婚姻中最有力、最形象的替代与象征。所以在婚姻、爱情与性事里，我们所有的努力都是为了打破公章在其中的垄断权。到现在，时代已经有四十几年的改革与开放，当都以为国家已经富到可以重新定义贫穷和活着的含义时，我却以为恋爱、结婚、离婚不需要那么多的公印和手印，也是历史留给我们每个人、每个家庭的一份最有价值的纪念品。

挣脱与命定的事

婚姻是从宽门走进去，而朝着窄门走过来。

人世间有谁不是婚姻的受益者？又有谁不是婚姻的受害者？

总以为，我和妻子的婚姻是一件挣脱和命定了的事。争吵、妥协、相安和白头，也都是为了挣脱和命定了的事。哈金在他的名作《等待》的开篇中这样写：

每年夏天，孔林都回到鹅庄同妻子淑玉离婚。他们一起跑了好多趟吴家镇的法院，但是当法官问淑玉是否愿意离婚时，她总是在最后关头改了主意。年复一年，他们到吴家镇去离婚，每次都拿着同一张结婚证回来。那是二十年前县结婚登记处发给的结婚证。[1]

《等待》的开篇这一段，让几乎所有的美国读者，都感到愕然与惊颤，其不可思议的境况是，如同和睦家庭的堂屋里，会定时刮起田野上的风。读者几乎人人都以为，这是天下小说最好的开头了，犹若他们在烦闷的夏天准备远行时，一出门就搭上了神秘凉爽的车。而在中国这一边，人们读到这一段，并不会有美国人的意外和愕然。因为这就是中国人的生活和日常。是我们说的挣脱和命定的事。哈金的了得、了不得，正是他深深地谙明作家该怎样向生活与人的命运致以最深沉的注目和鞠躬。而于我，十几年前读到这个开篇段落时，独自在屋里没有惊颤感，也没有不以为然的凡庸和俗常，只是不知为何会放下书，独自在屋里久久地沉默和呆怔。独自望着窗外的烦闹大世界，仿佛被哈金的灸针缓缓捻捻刺到了某个被人忽略的命穴上。那种为《等待》中的孔林和淑玉夫妻将要盈泪的慢痛感，在心里潺潺地浸润和缓流，不止不息，纠缠绕绕，并对那忽然到来的沉默——即甘愿沉溺于其中，又想要浮游冲上来，正如一个人钻进水里憋气时，那永恒一瞬的犹豫和坚持。

一九八四年，我仍然一如既往地急脚行走在相亲的路道上，在

1. 《等待》，美哈金著，获美国国家图书奖。湖南文艺出版社2002年11月版，金亮译。

那疲累、羞辱和麻木的状态下，是她让我停脚歇息了。结婚时二十六岁，那时对逃离土地的信念，已经可以上升为人生信仰的高度上。乃至于要在城里成家与立业，不仅是我和一代、几代人的梦想和信念，而且我以为，还是世界走向文明的一种取之不竭的原动力。这是我的人生之开端，也是写作之初想要达到的目的地。乃至于自己发了一些作品、成了一名军官后，以为有了找个城里对象的本钱时，却在短短的三年间，我伤害着别人也被别人伤害着。及至被几个城里姑娘嗤之以鼻地断然拒绝后，连得到“婉拒”都觉得是种安慰了。于是间，一种被夸大的绝望，在我内心化为于连式的沉默与苦痛，日日都在我青春的饭里蒸煮和熬煎。没有对城市和城里人有任何的仇恨和愤懑，反而更加努力地追求和向往。也就这时候，一九八三年的末，我的妻子以对象之名义，被朋友介绍到了我眼前。她不仅是个城里人（开封人），而且比我以前所有相亲的姑娘都更为漂亮和娴静，也更为犹豫、默认我们间的往来和可能。这中间，是犹豫大于默认，还是默认大于犹豫，我一生都没有一二三地弄明白。设想在她的一生里，怕这也是无法去明白和厘清的事。总之说，我们都在犹豫和交往中。在她那一方，我不知她犹豫什么和默认我什么。而在我，犹豫是因为她的父母——我的岳父母，明确地提出一个条件说，他们家有三个儿子，只有这一个女儿，待我从部队转业后，一定要留在开封市，而不能把他们的女儿带到洛阳或我的老家农村去。

然而我，虽然自幼想要逃往城市去，但真正渴望的终老生根地，却是十几岁就已被我视为首都的豫西洛阳城——是那个离我老家六十公里的九朝古都里，而不是“背井离乡”的遥远开封府。就这么，犹豫着，默认着；默认着也彼此犹豫着。双方迟疑晃悠在人生的路口上，犹如一股有来向而无去向的风，盘旋在人生鬼打墙的路口间。也就这时候，一九八四年的又一天，我哥哥突然朝我所在的商丘军营打去一个长途电话说，几天前父亲再次病重，把哥哥叫回到他的床前道，他预感着多年不愈的哮喘病，会让他难度这年冬天的冷寒和人生；说他一生辛劳努力，四个子女中有三个都已婚姻成家，只有老小连科还未结婚是他最心头的痛。说，他倘是能看着连科结了婚，就是到寒冷的冬天果真离去了，心里也会踏实许多着。

哥哥在电话的那一端，我在电话这一端，相距数百里，说完后彼此在电话中沉默着，而我在这端，能听到哥哥在那端伤悲无奈的喘息声。大约哥哥在豫西嵩县邮电局的某间电话房，也是可以听到他的弟弟在遥远豫东的无着和无奈，于是就都沉默了。

到沉默将要炸开时，哥哥缓解着对我说了一句话：“看看吧，去和人家商量一下，有可能了就结婚。——为了父亲，而且你的年龄也那么大了呢。”

然后，哥哥把电话放下了。

在这端，河南商丘军营的一间办公室，听到哥哥放扣电话那声音，像一个农人无力地把他耕用一生的锄，顿放在了收工回家的田头上。田野和那锄，就彼此相拥结为一体了。看着我握在手里的耳机音口上挂的我的哈气和水粒，看着夏天窗外营院的树叶和天空，当我放下电话从机关办公室里出来时，感到有一种挣脱了时代却走进了婚姻宿命的悲凉和压力。一种来自命运安排的巨大的力量正在朝我围过来，觉得自己若不迎上去，定会铸成终生之大错。那时候，军营里有了下班收工的军号声，师机关干部去食堂集合吃饭的哨，正连续地吹响在我的头顶上。

而我没有去吃饭。

没有去宿舍取什么，只是抬头看了看浩瀚的苍穹和天宇，看看被红砖围墙堵着的豫东大平原，取出口袋牛皮纸叠的一个钱包儿，点数了里边的钱，就转身朝营房外面走去了。

朝火车站的方向走去了。

我要结婚了。

我要去开封，告诉我那在默认和犹豫着的对象说，请你和我结婚吧。我年内必须要结婚！这是命运安排给我的事。是我父亲的生命给我命定的事。甚至我想说，现在结婚我们就是人世间和他人一样的一对夫妻了，如果你不应不结婚，我们就将劳燕分飞、各奔东西，所有的经过只是路人的一次偶然相遇吧。实在说，那时我没有想到时代的辖制和婚姻，是属于我的还是社会和家庭的，没有想到我的决断是否对她是一种粗暴或不公，或是一种威胁和私挟，只是怀着命定之决然，便果敢地朝商丘那个老旧的车站奔过去。

从军营急急走出来，也就赶上公共汽车了。

从公共汽车上跳下来，也就赶上了一点多的火车了。从商丘到开封，那时火车的路程是三小时。火车自然是记忆中的绿皮老火车。车座是被人坐得油光结实的木条凳。我买的是站票，就在那火车上站了几小时。记不得火车驶过河南东部的旷野沙地时，我恍惚了什么或思忖了什么事；也记不得经过因为有着焦裕禄，而名著天下的兰考县馒头般的沙丘时，对饥饿、贫穷和逃离与奋斗的杂念和感受。虽然那时我已读过一些书，对于连的印象之深刻，如同在农村老家割麦时，镰刀留在身心上的疤，但还是觉得于连的命，远远地好于自己着。而自己，也永远不会有着那个曾经成功过的于连的经历和奋斗。也因此，那个西世遥远的巴黎城，就是我永生无法抵达的爱情圣地的象征了。巴黎的繁华与贵族们的日常和生活，也是我们无法用想象去触摸的挂在天空的金丝绒。而我和我一样的人，通过各种捷径、荆棘从农村奔往城市的一代一代的青年们，想要成为城里人的“这一个”，和想要拥有城里一间房的奋斗者，其实都无法和于连的艰辛、奋斗去比论。那时候，自己不知道自己的血液中，原是有着于连的脉动和激情，有着对于连式的人生与命运的谙解和明悟。也就那么到了开封了。到了落日中被《水浒传》描写过的宋都相国寺的胡同口，依时依点地，等着对象下班的身影走回来。

等着她骑车回来时，一兜儿倒出我的摊牌和请求。

她也就依时骑车回来了。

在胡同口上看见我，她在车上怔一下。

刹车，停住，问了一句很平常的话："你又出差吗？"

我没有回答她的话。依着一路的思虑和筹划，立在胡同口，离她两步远，我对她说了我父亲的病，说了我想结婚的话。说了为了父亲我必须结婚的想法和安排。那时她就站在我对面。我们中间隔着她那辆可行可止的自行车，看不出她脸上有什么惊讶、不安、愉快或者不愉快。她上班在开封电瓶车厂的车间里，是很好的车工技术员。身上制服式的工装是灰蓝杂合色，可以和黄昏、蓝天混为一谈而不分彼此地兼容着。我们就那么站了一会儿。彼此闷着想了一会儿，她对我自然而得体地说："我得回去跟我爸妈商量商量呀。"

也就回去了。

推着自行车，离开我时脚步的慢，如同推着她不可测的未知和未来。就那么一直推着走，再也没有骑上车。我在后边盯着她高挑的身影，待她走出十几步，又追着大声唤她道："——我就在这儿等你回话啊！"

我不知道那大声的唤，是不是一种逼婚和胁迫。但是我知道，我的唤声给她划定了非此即彼、不合便分的分界线。她听到了我的唤话后，扭头看看我，没有点头也没有说些啥，就又慢慢走去了，像缓步、谨慎地走在一段最人生的钢丝上。

那天的中饭和晚饭，我是合在一起去吃的。在她家吹古台街的街口吃了一碗面。从买票、排队，到端上一海碗烩面坐在路边的窗口上，大约用了三十来分钟。然就在这三十分钟后，她从她家出来了，在那小馆的门前找到我，默站一会儿红着脸，告诉我说她爸妈同意我们结婚了；并说如果我父亲真的不在了，就把母亲接到城里一块儿住，也好对老人有个照顾和照应。说完这些话，并不等我再说一句啥，她看看左，看看右，就又转身走去了。好像我在那胡同口的逼婚和等待，会惹出一桩什么事端样。再或者，仿佛她出来告诉我这个可以结婚的消息是假的，是偷着出来送给我的一番安慰样。总之着，在那小馆前的路边上，她说完又匆匆走去了。可在她走了后，我再次望着那条狭长斑驳的老胡同，再次望着她的背影时，对她和我人生命运的谢意与恩情，忽然觉得如若不像《罪与罚》中的拉斯柯尔尼科夫，“跪在广场（城市）的中央，在地上磕头，怀着快乐和幸福的心情去吻那肮脏（城市）的土地”[1]，我将无法说明我对她的感激和对命运的爱。

她走后，我的泪水莹莹哗哗地流出来。

就那年，一九八四年的十月一日国庆节，我们结婚了。

就是那年冬，我父亲在我们结婚不久后，到底如了他的预感样，苦痛地离开了我们和他始终留恋着的人世间。

在我和她的婚姻里，我从中得到的太多太多了。而在她，得了什么、失了什么，有了什么样的利益和伤害，她却从来没有去想去说过。

1.《罪与罚》第613页，上海译文出版社2004年版，陀思妥耶夫斯基著，岳麟译。

第 二 章

大 姐 、 二 姐 和 嫂 子

大姐的闲书

在《我与父辈》里，我写过大姐自小可能为股骨头坏死的难缠症，不青不红，疼起来她恨不得拿头去撞墙。可要好着时，她温和而宁静，总拿一本书，坐在屋里或者院里看闲书。太阳明暖，光也温美。那时候，阳光落在大姐的脸上和书上，自十几岁就长至腰间的长辫子，有时垂在她背后，有时绕前搭在她的膝上和书纸上。世界是娇好的，小鸟在树上唱着歌。我家的小院子，忠实地陪着日出和日落，伴着月亮升起又伴它降下去。在不冷不热的时段里，大姐从她的小屋走出来，捧着书，坐在小院的娇好间，背后是挂在墙上的锄镰或者红辣椒、大蒜辫，再或是一冬都未及取下脱粒的最后一挂金黄色的玉米穗。她就那么看着书，坐在屋门口。这时天下就为她看书的这一瞬宁静了。凝着不动了。像一尊神为世界留下的可命名为《静》《读》或抽象一些就叫《时间》《幸福的人类》，再或《人类最后的追求》之类的油画或雕塑。

二〇〇九年，我和同仁一行到了西班牙毕加索的家乡马拉加，在那儿不仅参观了新起的毕加索的美术馆，还和他年老的儿子一起吃了饭。那个美术馆，最不同凡俗的惊艳处，不是有很多毕加索的画，而是拥有他平生画下的第一张画——十二岁时画的站在田野上的一个小姑娘。世人都说他果真是天才，十二岁就画得那么好，写实的功夫怎样了不得。可我看了那画时，喃喃叨叨在心里说："什么呀，比我头脑中姐姐给我留下的那张'少女读书'的油画差得太远了。"无论是笔力、光线或意境，都无法和我头脑中的画面相论说。及至在那天的晚宴上，毕家的儿子问我感受时，我差点说出"没有什么了不得！"

二〇一四年，到巴黎以西吉维尼小镇上的莫奈花园去，看那流水、睡莲、垂柳和日本桥，人人都在拍照和感叹画家的画和那好景致，我却依然觉得莫奈的画，没有我头脑中的《时间》或《人类最后的追求》的自然彩画好。那景致也没有凝存在我头脑中我家乡的房屋、院落、街道、田野、河流和山脉好。

不是记忆战胜了岁月，而是每个人的记忆都比现实残酷或壮美。没有任何的现实能比人的记忆更丰富。当时间变为记忆时，它就被创造超越实在了。我不能忘记大姐静而又静读书的美。我相信大姐从书中找到另外一个世界了。那个世界要比她所处的现实更为新奇、罕见和理想。

我也想找到并走进那个世界去。

我跟着大姐读起闲书了。

她的床头是我人生的第一个图书馆，虽然不大却也似乎应有尽有着。我跟着她读的第一本书是《西游记》。《西游记》最为让我惊奇的地方是石头会怀孕生孩子，而不是九九八十一难到西天去取经。之后的《三家巷》，《红日》《红岩》《红旗谱》，《敌后武工队》《铁道游击队》《青春之歌》和《大刀记》，大凡那时代所拥抱的革命小说我都读过。我最初对文学的认知和理解，都来自大姐的床头和小说主人翁们不求爱、不怕死的红色经典里。我不知道那时我到底读了多少书，也不知道文学到底是怎么一回事——它是姓张好还是姓李好。但从那时起，我开始爱好文学了，开始和大姐夜以继日地阅读了。

我常说，我读到的第一部外国小说是二十周岁后读的美国作家玛格丽特·米切尔的《飘》，其实不是那么一回事。我平生读到的第一部外国小说没有封面没有名，是用牛皮纸包将起来的。大姐很小心地把那本小说送给我，嘱我千万不要弄烂弄丢它。说丢了烂了就再也别想从她那儿得到书。先前大姐给我书，从来没有这么郑重交代过。这次交代了，就一定是那书的分量、来源非同小可了。因为非同小可着，我愈发饥渴地想要去读它。于是那天午饭时，接过那本厚厚的书，就坐在我家小院大姐常坐的凳子上，端着饭碗读着那本书。那本书令我惊异的，是我第一次发现原来外国人没有中国人“赵钱孙李、周吴郑王”那样的姓。我惊异他们的名字都那么长，什么“斯基”“安娜”的，完全让人记不得。我非常想给书里人物换姓起名字，叫他们“张革命”或者“李红旗”，这样好记又清晰。实实在在说，那本书没有让我真正读进去。或者说我真正没有读。因为刚打开第一页，就被人物的名字挡在书外了。我在对着书页吃着饭，思忖应该给那叫“斯基”的人物换个什么名，给叫“安娜”的改个什么姓。

在那天的春暖阳光里，像父亲愁思竭虑要给自己的孩子起名样，我一边吃着饭，一边挖空心思地想着“李红旗”“张解放”“赵春枝”“孙红梅”这样的名字有多好，然后一碗汤饭流进肚子里，第一页书还没掀过去。也许看了好几页，只是遗落忘却了。总之一碗饭后我把书放在小凳上，端着空碗去灶房盛饭出来时，凳子上的那本外国小说不见了。

院里一个别人都没有。

家人吃饭都端到门外村头饭场上，那时没有谁回到家里来盛饭。且父亲、母亲、姐姐们，就是回家盛饭也不会动我放在那里的书。阳光明透，内心璀璨，它决不会偷走我的书。院里树上的枝叶被困在枝丫上，应该也没有能力弯腰拿走我的书。风很小，连掀开书纸的力气都没有，不要说能把砖似的一本厚书吹到、搬到哪儿。我盯着我坐过、放过书的凳子看，它宛若飘忽、静若虚空，连给我一句暗示都没有。凳上、凳下、凳周围，院子里，屋门口，通往一边的猪圈过道里，通往另一边我父亲后来常去的那个后院过道间，还有屋里、屋外、天上和地下，哪儿哪儿都找了，就是没有那本我生平第一次读到的外国的书。

姐姐回来气得把饭碗顿在桌子上，眼睛瞪得天下最大最大的葡萄般——真是美极了。

父母、二姐都帮着上天入地地找，桌上桌下、门前屋后，还有鸡窝和猪窝，可那书就是不翼而飞了。有谁能说不奇怪？世界上总在发生着不该发生的事。人类所有的陷阱都是被荒谬填满的，由此不得不让人相信鬼是存在的。我们全家都为这次莫名的丢书陷入震惊了。母亲对此的思考是："这是老天不让你们读闲书，白天费眼睛，晚间熬煤油。"那时我们家、我们村，好像整个世界都是晚间燃点煤油灯。父亲对此和母亲的看法不一样，相比要更为悲观和深刻，"怕是老天不想让我们家出个读书人，就把那书收走了"。

姐姐被父亲这样的认知惊得眼睛大起来，仿佛是神在她面前告知一模样。

"没事的，"父亲说，"老天收走了书，只要把人留着就好了。"

如同父亲担心老天收走了书，有一天也会收走读书的人。

我不担心老天收走书，有一天还会收走读书的人。只是想着大姐怎么去向她借书的那人释解和还债，因为那书是她的一个同学从几十里外专门作为重金重礼借送的。

就这样过了一天又一夜。第二天的傍晚间，我们家的母猪生崽了。一窝生了十一个，个个健康并红润，像每个猪崽都是暗红发光的金条般。往年它生崽从来没有这么多，且还常有早夭的崽子让人惋惜和痛心。这一窝猪崽让我们全家看到生活的希望之光了，人人兴奋得宁可自己不吃饭，也要母猪吃多吃好些。且更为神奇重要的，是母猪起身离窝去猪槽吃它的熟糠大餐时，母亲发现猪为生娃闹窝而四处噙草和衔枝，在它为自己铺排的那个柔暖产床上，在树叶稻草的一堆里，正有我丢的那本牛皮纸包着的外国书。

那本书上除了有被母猪衔走留下的牙痕外，还有它生崽留下的产液纪念物。这多多或少少，是不是正揭示着读书、写作与生存的关系和密码？

大姐的辫子

大姐的头发和辫子的美，在我们村的世界是名闻遐迩的，黑亮、粗壮而且长。她长得好，加上那一头乌发和乌发编起来的辫，整齐扁平，从头垂到腰，或从肩头绕下到胸前，把她衬得如乡村天使般。她走到大街上，很多村人都会惊得尖叫道："——哇！你看她的头发呀！"

我为姐姐的头发而骄傲。因此常常望着大姐的头发想："卖了能卖好多钱的吧。"

那时候，我对女孩子的认识主要是看她的头发美不美。

那时候，因为我们村每月逢五为集日，等到一年谷雨后和立夏前，赶庙会的日子款款到来了，四邻八村的乡下人，会踩着春暖到我们村北的河滩来赶会。会上有戏唱，京剧或豫剧。剧目多是《红灯记》或者《沙家浜》。戏没什么看，但人多并热闹，如蜂多便有花香样。那年三月十八的庙会上，我看到了从洛阳来的剧团演出京剧《红灯记》，剧中的人物李铁梅，辫子粗长得让台下的观众有片惊叫声。我是为了去看那辫子才去看戏的。从台下的后场挤到前场去，又从前场挤到台下边，然后就发现，她的辫子并没有我姐的辫子长。且更为重要的是，她的辫子是假的，脖间的真发和假发连接处，粗得和人的手腕一模样，用红的头绳把那衔接的辫子一圈圈地裹起来。

我有些放心了。

我要回去告诉大姐说，李铁梅的辫子没有那么好，而且还是假辫子。

就在午时从庙会回家了。

然而一进门，看见全家人都在喝汽水。汽水瓶是今天“青岛啤酒”般的小瓶子，只是瓶色是种酱红色。瓶上都挂着淋漓漓的水。大家一人一瓶儿，每个人的脸上都是轻快惬意的笑。父亲、母亲还有哥哥和二姐，都仰头咕嘟嘟地喝着还不时地拿着瓶儿对着日光看。我很惊奇家里竟有汽水喝。这时大姐从上房屋里出来了，她一手举着瓶子喝汽水，一手提着一个小水桶。那桶里盛有半桶井冷水。井冷水里冰镇着一瓶摇头晃脑的汽水瓶。大姐到我面前后，放下桶，从桶里捞出那最后一瓶汽水递给我。这时我看见她的长辫没有了，齐耳发落在她的半脖间，让她变得比她十四五岁的年龄大许多，和村里该要出嫁的姑娘样。而且似乎也没有先前漂亮了。然她喝着汽水脸上的笑，和全家人的笑样轻松而满足，且还有一种漫溢出来的幸福感。

因为大家喝的汽水是她剪掉的头发换来的。

因为她去街上看见有人卖汽水，像人类第一次发现树上的果子是甜的样，便把她的头发剪掉卖给了街上的废品收购站——头发卖了三毛二分钱，汽水是五分钱一瓶，刚好买了六瓶还剩二分钱。一家六口人，一人一瓶汽水喝了后，大姐就没有她的长发了。

但我们全家第一次喝到汽水了，像尝了琼浆玉液的味道样。

而且我，不光有了一瓶汽水喝，大姐还给了我二分钱。二分钱那时能买一个小的鸡蛋或两颗小糖吃。

转 正

1

云卷云舒，日出日落。

大姐初中毕业后，有幸做了小学教师去。

她教书的时候我还在读着书，后来我高中辍学去打工，她还继续在教书。后来我当兵，她还在教着书。再后来，我提干有人称我为“作家”了，她还在村里的小学教着书。时间远比河水结实并耐流，如云从来没有被风吹散过。许多河都干涸了，可时间从来没有断流过。我一清二楚地知道我是怎么走到今天的，可我不知道大姐、二姐、哥嫂和母亲是怎么走到今天的。他们的人生在我的记忆里，不是链条的一环扣一环，而是跳跃的一桩事情接着一桩事。如果不是那些事情在，我就觉得他们的人生里，完全没有时间存在了。

在我当兵的那些年月里，大姐择着日子结婚了，姐夫是我们同村人。我从部队回来探亲时，母亲说我的大姐出嫁了，吓得我呆在那儿，仿佛谁把我家房子扒了样。心里空得很，总觉得眼前多出一道深暗无比的渊壑来。大姐嫁走了，如同姐夫也把我的心给挖走了。我问母亲大姐结婚为什么没有写信告诉我，母亲说，没必要，你又从部队回不来。然后我看着母亲一边洗菜一边平静的脸，第一次从母亲的平静中，读到了这样一句话：生活就是伸曲不可、又车轮流水的这样呀！

中午吃饭只有父母、二姐和我在，总以为家里的什么被人拿走了，又不能不让人家拿，于是就缺失、遗憾地沉默着。晚上大姐回到娘家来看我，我看见她已经怀孕了，挺着肚子走路不方便，坐下时还不停地摸着她肿了的腿，就不知道该问她什么、说些什么了。

忽然间，我和大姐陌生了，亲情寸距也如邻居样。为了缩减这距离，我很想去替大姐教教书，让她在家休息生孩子。这时就见大姐和二姐商量道，她生孩子了请二姐替她去教书。在二姐点头应允后，她们议论着在小学教书应该注意的事项和规则。屋子里满是她们的商议和争论声。父母只是坐在那儿听着和看着。那些年，文明的灯火终于照进了我家和村落，高压电线就架在我家门口的路边上。四方并带有弧管的绿色变压器，也架在我家房西饭场的空旷里。因为我回来，母亲特意把屋里十五瓦的灯泡换成了四十瓦。光明普照着，如美无处不在样。可我沐浴在那光里，却又觉得是个局外人，缘由是我当兵在外，不能为这个家里带来任何益利做出任何事。

就那么在那光里木呆着。

木呆一些日子又回部队了。

下一年，我又探亲回到家，不仅哥哥结婚了，而且二姐也出嫁了。家里忽然只剩下父亲和母亲。没有如别人一样觉得父母一下老了许多岁，因为从未觉得他们年轻过。他们从来都是苍老不息的劳作者，哪怕坐下闲缓也是不歇不息地劳作着——母亲总是坐在那儿做着针线活，父亲不是剥着玉米，就是收拾着农具和破了边的竹篮柳筐子。坐在那儿纯粹之歇息，在他们就是一种罪。不停地劳作才是农民最正当、庄严的人生和意义。这时候，大姐和姐夫回来了，还抱着他们已经一岁的大女儿。当我从姐夫怀里接过他们的女儿抱着时，大姐让她女儿向我叫"舅"后，那略嫌瘦黄的女儿竟果真叫了一声"舅！"

这一声叫，让我震惊了。

震惊不是因为一岁的孩子会说话，而是好像大姐把她出嫁从我身上带走的东西全部还我了。

我成了"舅"。

我已做了"舅舅"了。

这就是人生吗？

这也就是人生呀！

母亲生了很旺的冬火在屋里，父亲哮喘怕烟坐在背风一面上。天总想要下雪又不下，干冷而沉阴，使天下如浩瀚空洞的巨穴样。世人无不生活在天的巨穴下。人都在这巨穴中间奔波着，想要走出那洞穴，可谁都没有能力走出那洞穴。原来人自古至今都是活在一个洞穴里。我们烤着火，大姐和姐夫犹豫再三给我说了一件事。说学校有民办教师[1]开始转为公办教师了。大姐是那学校最老的一批民办教师，而且年年都被评为模范教育工作者；所教的小学班，还总是学校成绩最好的班。所以说，希望我能给县里有关人员通融一下“民转公”时考虑考虑她。

为了证明大姐的好，母亲还说大姐有两次在学校教书因为体弱累倒在了讲台上。说她昏倒被抬出来，第二天没有休息就又去班里上课了。

我愕然地看着姐。

她脸红着低下了头。

当我知道姐姐教书真的两次昏在那瓦屋土起的讲台时，我知道我能为姐姐做些什么了。哪怕仅仅是还大姐用她的头发给我换的一瓶汽水和二分钱。我当即答应说，明天就去县里找县长，和县长说说姐姐教师民转公的事。因为那时我已有些“名声”了，也认识我们县长了，以为自己的丑脸在别人那儿满月一样圆满和光辉。于是间，全家

1. 民办教师是二十世纪中国乡村教育的非国家教员编制的教师，教书记工分，给一定经济补贴。

人看我一口应承后，欢天喜地，仿佛我这一去说，姐姐立刻就可以从民办成为公办正式教师样。那时不光是姐姐、姐夫、母亲很兴奋，连父亲那病黄的脸上都汪洋满挂红润的光。

第二天，我一早坐上长途汽车到县城，找到在邮局工作的哥哥说明情况后，哥哥利用邮局的电话之优势，很快找到了县政府的办公室。很快县长就答应要见我。记得去县政府是哥哥把我送去的，虽然那时我已是一个军机关的笔杆子，见了军长都可以周吴郑王、条理清晰地论说、汇报许多事，可是踏入县政府，面见县长和那浑厚结实的楼，还是让我忐忑和不安。毕竟是要去求县长。求人家关心私家一己的事。县长办公室在政府大楼的二楼上，进去时发现县长的办公室比我们军长的办公室还要大。大许多。光线也足到耀人眼，像人世的太阳都源自这楼上。

事情的顺利让我相信神说要有光，世上也就有了光。神说天地要分开，天地也就从混沌之中分开了。有了海，有了山脉、草原和旷野。我是上午十点进的县长办公室，不到一刻钟，就从那儿出来了。进门、红脸和让座，接过县长亲自给我倒的水，开始羞臊腼腆地说着大姐的情况和请求，没想到县长答应得爽快而坚定，还把大姐的名字和要求，记在了他的桌角台历上。

“我们县出个人才不容易，你这点事情我一定给你办！”这是我起身欲走时，县长重复了两遍的一句话。

从县政府大楼走下来，在楼下等着我的哥哥问了我情况后，说了一句“太好啦！”就领着我和嫂子到餐馆美美吃了一顿饭。

下午回到家，姐姐、姐夫们，都在我们家里等消息。我又朝他们说了情况后，一家人如中了彩票般，又是欢天喜地地激动和兴奋，又美美吃了一顿饭——油烙馍，炒青菜，面汤里面洒鸡蛋。这样的好饭是多病的父亲十天半月才可以破费吃一次，然那天，我们全家人人都胡吃海喝了。

又过一些天，我回部队了。

又过一些天，我接到大姐一封信，说我刚回部队一周县长人就调走了。说眼下又有几个民办教师转为公办教师了。那转为公办的，有比她年长的，也有刚民办两年转正的。也还有，人品差、教学差，但不知因了什么转正的。

然那转正的名单里边没大姐。

2

从此后，大姐由民办教师转为公办教师成为她的人生信仰了。也成为我的能力和对家里益利的一种验证和考核。为了转正大姐病了也不休息，生第二个孩子时，产假未完就慌慌跑去重新站到那砖围土的讲台上。而我每年回到家，都盼着县里的干部来看我，或者有机会借了理由就去和县里的局长、部长们一块吃顿饭。甚至在很长一段时间里，因为办不成大姐转正的事，我对写作的意义都开始怀疑和减弱。

好在功夫是真的——千真万确——不负存心留意的人。我好像真的成为一个作家了。发表容易了，稿费也常常比我的工资还要多，而且开始有书出版了。可以拿着那书当作礼物送人了，且还煞有介事地把自己的名字签在书页上。这些书被辗转的路道带回县里后，他们真的把我当成无所不能的作家了。事情就这样，某一天的前夜里，我在开封军部大院的家属区，正准备洗漱睡觉时，我们县政府办公室的工作人员突然进了我们家，做了自我介绍并放下提了许多的土特产，就坐下开始大致笼统地介绍这些年县里的改革和开放、变化和成就，希望我尽快回家去采访，能写出一篇文章登在《河南日报》上。当然着，去的同乡干部是天极得明白天极得好，没有忘记问我家里有什么困难要解决，需要县里帮着解决了，一定要给人家一个关心我家的机会和幸运。

想到了大姐民办教师转正的事，想到人家从县里驱车数百里，特意到了开封我的家，也只是为了让我回家采访写篇文章登在报纸上。于是间，我极爽快地答应来日随他们回去采访写作了。

采访当然是被安排着去采访。

写作当然是一片光明和美好，如雨过天晴彩虹架在稿纸上。也许是两天，也许是三天，我的采访就完了。之后因为时间如火山喷发一样急，需要文章在几月几日登出来——好像留给我写作和报社编辑的时间只两周，这让我回家看望母亲、小住一天的可能都没有。住在县里招待所，采访完了给哥哥打去电话说，大姐转正的事情没有问题了，县长答应得恨不能把双手拍在胸脯上。然后就在某天黄昏如火烧身地赶回部队写稿了。

半月后，那篇《故乡的春天》似散文也似报告文学的文字在《河南日报》登出来，一字未改大半版，醒目得与日与月同辉着。我知道这次大姐真的可以转正了，就是一种交换我也把我的物货完美超额地交你了，剩下的就是你把你的还给我。然而又过了一个月，我们县的县长又被突然调走了。是平调。非提升。次年我又回家时，县政府去开封接我回去采访的干部站在县城大街上，苦苦一笑对我说，报纸刊出来的第二天，正好是省工作组要进驻我县了解干部情况那一天。他们把准备好的报纸摆在县宾馆的每个房间里。说那时已经知道县委书记要调走，县长是接县委书记的重要之人选，所以想在那天登出一篇文章来，让省工作组的人都看到报纸后，给县长接任书记加上最有力的一砝码。

可这砝码一加上，县长没有接上书记的班，反而和书记一道被调走了。

后来我常想，是不是我笔下那颇为无耻和荒谬的溢美之词害了这位县长呢？

3

我对大姐转正的事情完全灰心了。

我开始相信文学除了能完成“审美”之需求，其实额外的一切都是要把沙子、空气和水烤成面包的事。是要把沙子拧成绳的事。终于到了又一年，春节我又回家过年去，县里的县长和书记都到我家拜年去，走时他们都对着村人大声唤：“连科——有困难了你尽管说！”于是间，邻人和村人听到这话了，他们走后就围到我家里，说县里正在村头修公路，要我一定给县长和书记说一声，让公路从大街朝我家里拐个弯，把我们胡同那二十几户人家的一段黄土泥道修成沥青路。

这桩事最后的解决办法是，我自己出钱请那修路的人，加班加点来拐个弯，修了我们胡同里的路。胡同的路由沙土变为水泥路面后，村人邻人都说好，下雨下雪再也不用踩踏泥泞了。我母亲也说修得好，晚上出门回家也不怕绊倒了。可是又一天，我大姐去买了我们镇上商店最好的酒、最好的烟，踩着那胡同的硬路回到家，将烟酒和她教书得来的一打荣誉证书摆在我面前，说：“连科你面子薄，嘴金贵，向县长、书记说不出求人的话，那就最后一次你把这烟酒送给县长或书记。只要你把这烟酒送给人家了，我不转正也就认命了！”

大姐还说如果我觉得这烟酒不够多，她可以再到街上买。于是母亲也说大姐做得对，你可以成千上万地花钱给门口修一条路，为什么不可以去向新来的县长、书记张张口？嘴有那么金贵吗？多说几句话，难道嘴唇会从脸上掉下来？

二姐也站在大姐和母亲的立场上。风和树叶和花草，也都站在大姐的立场上。天空、大地和宇宙，没有谁觉得大姐说的、做的有错儿。时间是那年十月间，秋天把果实和庄稼送入收获的季节时，我为大姐的转正努力了三任县长、三任书记和第六个年头后，大姐都从少妇步入中年了，都成“妇女”了，我还没有把她转正的事情解决掉。我没解决掉，可学校每年都有二到三个民办教师转为公办的。比姐条件好的转，远不如姐的也在转。事情到今天，似乎已不是大姐转不转的事，而是我做不做的事。是我怎么努力她也转不了的事。可也似乎是，只要我再坚持一下子，她就柳暗花明能看见人生彼岸了。风雷不语，鸟雀自言着。非洲人有着非洲的事，欧洲人有着欧洲的事。我们村人自有我们村人的事。每一个世界都是不同的。因为不同世界才叫世界、人类才叫人类着。

这一次，我更为无耻地把《洛阳日报》的一个好友记者叫来了。他说过，我们县的县长、书记都是他的好朋友。于是我们又买了一些烟，又买了一些酒，第二天，我俩到县城，在吃过午饭休息时，生生地闯进县委书记家。进门记者就直言是来给书记送礼的，然后把烟酒用力顿在桌子上，拿出一张写满我姐半生教书、成就斐然的荣誉统计表，问书记说，这样的表现到底够不够转正的资格和条件。如果不够了，为什么那么多不如她的都转了；如果够了，为什么又年年次次都没转。

在书记哑然无语时，他逼着书记拿起电话质问有关下属是怎么一回事。

又一模一样、如法炮制地闯到县长家，同样的事情重新做一遍。

同样的话重新说一遍。而且更为重要的，是书记不收那烟酒时，记者提起那烟酒，当着书记的面，把那烟酒丢到他家门口的垃圾桶边上，拉着我就佯装愤怒地离开了。县长不收那些烟和酒，他也当着县长的面，把那烟酒半扔半放地丢在县长家门前的垃圾桶边上。

三个月后，县里和大姐，都电话和写信告诉我，说大姐民办转为公办正式教师的问题解决了。大姐刚教书时是十七岁，转为正式教师时，已经快要四十八岁了。天玄地黄，人生倥偬，不要追问一条河里的水流是水深好还是水浅好，只要流着就是好。知道大姐转正了，我从军机关大楼下班去往家属区，脚步如飞了起来样。到家我告诉妻子说，大姐转正的事情解决了。妻子端着做米饭刚淘洗完的大米怔了怔，跟着我重复一声“解决了”，就把淘洗完的大米放边上，开始卷起袖子和面准备包饺子。

那天我们家里吃饺子。

我吃得太多了，下午上班肚子撑得直想笑。又过几个月，我和妻子回到老家去，大姐从她家回到娘家去看我，说了很多家里、村里高兴的事，最后说不该让我为她转正的事情作那么多的难。说她虽然转正了，学校其余七八个民办教师也都转正了。说全县剩余的民办教师那年一皆全都转正了。说因为那一年，是全国民办教师的转正收尾年，大凡没有特殊问题的，凡为民办性质的教师，全国一刀切地都转为公办正式教师了。

说完这些后，大姐和我和我妻子，我们站在那一隅秋天泛黄的院落里，看看天，看看地，又看看世界和人生，我朝大姐笑笑说："跑跑送点礼，你的转正就有把握了。如果不跑不送礼，说不定一个学校只要有一个不转正，那留下的一个可能就是你。"

大姐想了想，对我笑笑说："那倒是！"

于是我们都笑了。一家人的笑宛若一片温暖的海。

忧郁

我二姐是个经验实证家。二姐判断任何物事都要以经验和结果去论证。

二姐相信人是为目的活着的。没有目的，人为什么要那样或者这个样？二姐说，目的是人与行为的一切开始和结束。目的论就是二姐的人生论。关于我大姐，有次二姐用她的目的论，向我分析了大姐全部的人生和动机，说大姐敬业爱教，就是因为当教师要比农民好；争荣誉，当模范，就是为了可以把民办教师转为正式的公办教师这目标。说转正后还依然敬业与爱教，是因为公办教师也分级别和档次，像教授要分四级、三级、二级、一级样，晋一级工资就能多出上百元。

在二姐对大姐分析评判后，二姐最后异常担忧地说，大姐快要退休了，大姐一退休，她的生活就没有目的和目标了，到那时，大姐的人生就该虚空了。虚空了，大姐的生活就该天塌地陷了。

不幸的事情是，大姐被我二姐言中了。

大姐五十周岁那一年，她拿着退休的红花、奖状回了家。没有等红花与奖状蒙上灰，大姐在跟着县城和镇上旅行社的组团外出几次旅行的短暂轻松后，她发现最有意义的事情还是她站在学校的那个讲台上。

现在，她有太多的空闲时间了。这个空闲在乡村，一般女性都用在以下几方面：打麻将、说闲话和站在村头东北秧歌的音乐声中做做甩手操。可惜这些大姐都不会。不会她又总是觉得身子不舒服，隔三错五要到医院看看病。医院也总能发现大姐萌芽小病的危险性，比如她嗓子发炎了，医生会告诉她说今天是咽炎，可你不治明天就有转化、转移为食道癌的可能性。比如说头晕，也许问题出在颈椎上，也许问题出在血压上，可医生总是说，你的心脏供血不太好，需要 CT、核磁或者住院观察你有没有心脏病。于是果真大姐的心跳开始加速了，频率增高了，就检查出有“心律不齐”或者左心室、右心房的这个、那个了。大姐相信医生就如相信组织样。她相信所有医生的暗示和预猜；相信所有医生、医院都是为她好。相信那成包成捆的西药、中药吃下去，她会一劳永逸，百病皆无，可那西药、中药给她的信期不会超过三天、五天或一周。一周十天病不好，她就又慌忙到别的医院去找别的医生去。别的医院、医生又是一整套的号脉、问诊，各种检查和花费，最后否定了前医和前药，又给她大包小套的药品和治疗法。

也就这样儿，大姐的人生之脚步，从原来她家到小学的路道上，成功地转移、扩大到了从她家到镇上、县城、洛阳乃至北京医院的路途上。一生教书的退休工资都用在了退休后的看病上，就像她教书三十余年来，就是为了把退休的工资月月年年地送到城乡医院的收费口。母亲十分感慨地对我说：“幸亏你大姐有退休工资在，要不然可怎么看病呀！”大哥对此则一针见血说：“没这钱她就不看了，手头紧到只有一把空气时，说不定她就没有这病那病了。”

二姐对此除了叹息外，就是早知如此的惋惜和无奈。而大姐家的人，姐夫、孩子与儿媳，则完全不能理解大姐为什么退休后，本该过安静、稳妥、近临小康的日子着，结果反而成了今天狼狈不堪这样子。一家人经常为劝大姐不要迷信医生、不要总跑医院而争吵。而大姐，却为家人不支持她看病、不关心她的身体而懊恼、抱怨和不息不歇地诉说和哭闹，人一下子就从一个教师成了“祥林嫂”。直到又一天，哥哥、二姐和母亲，忽然意识到大姐不是没有病，而是在学校教书时，对孩子、讲台、民办、公办、转正和争当模范教师的过度之投入，而退休让她的人生落空了，活着的意义被悬置起来了，为此她先是有了一点忧郁和不安，可这忧郁和不安，没有被医院和我们当成病，最终发展成了终生难愈的忧郁症……

二 姐

说说我的二姐吧。

二姐有个外号叫“萝卜”，这在今天是她人生的机密或绝密，连她的儿子、儿媳和孙子、孙女都不知道。为什么要叫二姐“萝卜”呢？百科全书般的过往历史都无能回答这问题。因为历史的原性是忘性要比记性好。倘若历史的记性好于忘性了，那所有的时间和人，都会被记忆、回忆的重量拖得双脚走不动路。

我是忘性好于记性的人。可我记住了二姐的外号叫“萝卜”，因为我们在一个六岁、一个八岁那一年，我俩读书在一个小庙里，升级考试时，我算术和语文，一门好的考了六十一分，一门更为好的分数为六十二。我当然升级了。升级是很不容易的事。尽管全班人人都升了级，还有许多同学语文是一百分，算术也是一百分——就像神在帮助他们样——我们教室的墙上、房梁上，红的绿的画了很多神。

神们没有帮助我。

二姐也没帮助我。

她不光没有帮助我，还回家告密给我们的父母说，我升级考试考了全班、全年级的最低分。是可忍孰不可再忍了。姐姐告密的结果是，母亲用很冷很硬的目光盯着我，就像盯着一个不是她的孩子样。北风缠绵，天寒地冻，酷冷那时盘旋驻足在我家院落里。而母亲那责怪之目光，比那冬日还要冷，有零下几十度。说不定是零下上百度。没有零下上百度，我怎么会直到今天还感到母亲目光的寒冷呢？怎么会过了半个多世纪，我还记住二姐的外号叫“萝卜”？

是可忍孰不可再忍了。

到了人不犯我，我不犯人；人若犯我，我必犯人的时候了。吃饭时候我端着碗藏在大门外，等二姐端着饭碗从家走出来，我突然冲到她面前，连叫了她三声“萝卜、萝卜、大萝卜！”然后呢？然后便一面是悲剧，一面是喜剧，复仇者心里的块垒从我的胸中堆到她的胸中了。看着她不仅被我的大唤惊得碗从手里掉下去，而且那外号“萝卜”的羞辱让她面红耳赤，还蹲在地上哭起来。

到后来，那外号“萝卜”就是我打败二姐的利器和机密。每次在我要反击二姐时，只要对她大唤几声外号“萝卜”就行了。

做个男孩和弟弟，实在是伦理和命运的好，就像一个苹果和一丫枝叶样。枝叶把苹果举在枝头上，苹果迎来了所有目光的温暖和垂涎，只有傻子才记住枝叶给苹果的善爱和供给。而枝叶，这时所能乞求的，就是苹果在离开它走时，不要回说谩骂枝叶供给的短缺就够了。

怎么能不回说谩骂呢，姐的外号叫“萝卜”。

评 工 分

一不小心年龄就大了。

大了就该跟着父母和生产队，到田里与锨与锄和黄土为伍了。收麦子是四季最耗时耗力的活，那时农人和队干部，便力所能及地动员所有、所有能挪能爬的，都去收麦子和拾麦穗。太阳黄焦而暴燥，烧在头顶能听见树叶被烤后的尖叫声。在这尖叫里，队里不仅急赶急地收麦子，还要趁机给学生娃们评工分。

那时壮劳力每天是十分工，弱的奸猾的，那就减去你的尊严为九分。

妇女每天八分工，弱的懒的是七分。

学生娃儿每出工一天是五分或六分。六分工是了不得的少年劳动力。我们队是村里最富裕的一个生产队，十分工年终分红折合一毛二分钱，六分工就是七点二分钱。七点二分是三个鸡蛋的价。我希望在评工分中能成为每天六分工的少年劳动力，于是就请了烈日来见证这年我的拾麦穗。

日光是一片焦黄色。田野是一片金黄色。人的泥汗是一片糊黄色。大人们在这混沌黄里割着麦，孩子们每人几垄一片地在后边拾麦穗，目不遗寸地盯着被镰刀清洗过的麦茬地。

野兔子在麦茬地里跑来跑去着。

麻雀们高兴地在田里飞落盛宴着。

学生娃们都在田里拾麦穗，为了能让队长和大人们评议为每天六分工，我特意大喊着姐姐“萝卜”外号儿，从她手里抢过了一个新篮子，然后就在我的几垄麦田弯着腰，一个时辰、半个钟头都不直一下，把麦田遗落的麦穗一穗不落地捡到竹篮里。太阳高走时，我的竹篮已经有半篮麦穗了。太阳再高时，我的竹篮差不多就满了麦穗了。而到了太阳将要正顶时，我前边割麦的一叔一婶已经割到田头去另外的麦垄收割了，可我还远远落在他们身后边，才捡了三分之二的垄地长。而和我麦垄相邻、年龄相仿的同学们，这时却都差不多跟着割麦的大人到了别的田头上。

我有些不安起来了。

为了捡拾麦穗急得要尿在裤子上。

为了六分工和七点二分钱，我真的急得想要尿在裤子上。就在急得要尿裤时，却又发现我面前分给我的麦垄地里连一穗掉落的麦子都没有，被捡拾干净得像一群鸟雀从这垄地飞了过去样。

我有些惊异地站起来。

二姐朝我走来了。她挎着她的麦穗篮，那篮里有半篮是替我捡的麦穗。她把篮里的麦穗急急倒进我的竹篮里，小声对我说："快去队长那儿交掉吧。"

然后她就又躲到一边了。

原来二姐快手快脚地在她的垄地拾完麦穗后，又在我的地里帮我拾麦穗。我慌忙挎着满篮的麦穗朝向生产队长去交麦穗。队长看我那年拾的麦穗多，喜得在我的屁股上暖暖踹了一脚儿。那年我和二姐都成了每日六分工的少年劳动力，干一天活儿年终分红能分七点二分钱。七点二分是不大不小的三个鸡蛋钱。

从此我就不再唤叫二姐是"萝卜"了。

拉煤去

从实招来说，那个时代日子好的人家做饭是烧煤，日子不好的做饭是烧柴。这是那时判断一个家庭生活好坏最确准的冷热和方法。倘若你家姑娘要嫁了，儿子要找对象了，想知道对方日子的殷实与寡薄，你万万不要把目光仅仅停在他或她家的住房上。不要简单地以草房、瓦房、泥墙或是砖石墙壁为贫富之尺度，还要看看他（她）家烧饭是烧煤还是烧柴禾。

我家日子好，盖了瓦房有时烧饭还烧煤，尤其在春节过年的日子里。买煤要到八十里外的一个叫高山煤矿的地方去。黄土路，上坡、下坡的起伏一个接一个。我和二姐要跟着村人去拉煤了。拉煤是一种庄严和仪式，能去拉煤就证明我和二姐真的长大了，可以做劳动力们才能做的事情了。烧煤的事情不用父亲用哮喘的喉咙顶着寒冷和北风，病牛一样往家的方向拼死喘息了；也不用欠情求人、起早贪黑帮助我家拉煤了。

夜已去半时，天亮还尚远，鸡叫的声音突兀刺刺挂在村头上，我们起床套车，穿衣上路，把母亲前夜烙好的干粮袋儿系在车辕上，用力试试胶车轮子里的充气足不足，再把气筒捆好备在车厢里，最后到父亲的床头听他重复一遍已经交代过的话，比如拉煤回来上坡时，要绕着坡道走“S”形的路，以减缓坡道的突陡省力气；而遇到坡陡道窄绕不出“S”形，那就一定停车等有路人走来了，叫伯、叫叔地张张口，求人家帮忙推推车。当然了，更重要的一件事情是，每车一次买拉五百斤，一定要在往车上装煤时，用铁锨不断地把虚煤朝下用力拍，有可能时一个人装着煤，另一个人要在车上踩着煤，这样在煤车过磅时，你买五百斤的煤，那车上装的可能就是五百五十斤，而过磅的人要从车上往下铲煤时，一边嘴里骂骂咧咧地数落着，另一边，他铲煤费力气，可能只铲下三十斤或者二十斤。这样你买的煤是五百斤，车上装的可能就是五百多斤了。

多么机密的生存经验啊，我和二姐怀揣着令人兴奋的秘密上路了。

腊月的夜，深远而寒凉，天空如悬浮倒凹的玻璃擎在头顶上。狗吠声就像狗吠声，鸡叫声宛若鸡叫声。而我们在天空下的脚步声，却不仅是着人的脚步声，还是叩击人生柴扉大门的磕碰声。五六辆去拉煤的车，别的都是一人一车一劳力，只有我和二姐是双人少年一辆车。村人怕我和二姐从车队掉下来，就让我们夹在车队最中间。怕我们在这来回一百多里的路上走伤腿，遇到平路就让我们坐到他们的车上拽着自己的车，以此省着我们的腿脚和力气。就是到了三十里后要从一个叫明皋的地方自公路拐入黄土小路上，村人还指导我们空车行路时，要一个人拉着车，另一个坐在车上歇着脚，这样轮流坐着车，就可以彼此少走许多路。可以把节余的力气用在买完煤的重车回走上。大家走在夜的深内里，有人唱着歌，有人会莫名其妙地突然大叫一嗓子。

沿路的村庄如此一个个地被我们甩到身后了。

也便天将亮时到了煤矿上。

原来到煤矿拉煤的人们排成长龙阵。

来时并没有见到有同行的人流和车队，可到了煤矿的煤堆黑山下，却发现买煤的汽车和拖拉机，还有更多更多的架子车，都如从地下被吐了出来样，凌乱而嘈杂，还有来得更早的人们就地烧饭的浓烟和烧烤。每个人的脸上都有煤黑和灰尘。买完煤的拉着重车、脸挂喜悦地从我们身边走过去。因为他们车上装的煤不是单纯的粉黑煤，还赶巧装了很多黑亮发光的煤核块垒和颗粒，这时有经验的村人就来告诉我和二姐说，装煤时要多挑煤核颗粒煤，说煤核耐烧能烤火，而粉煤比起煤核就如粗粮相比细粮样。我们点着头，在车队里把车朝前挪移着，并开始吃着母亲特意给我们烙的油烙馍。

馍里有葱花，香得一世界都漫着面味葱香味。喝了在路边生火烧开的水，开水甜暖如生活本身就是一碗放了糖的荷包蛋。什么都是好的、美的、新鲜温暖的，时间也因此变得充满热意并快捷。于是太阳刚起升，就轮到我们装煤了。

原来在煤矿用的铁锨都是簸箕形的大铁锨，一锨的铲装比我家的两锨还要多。我比二姐力气大，我用那铁锨往车上装着煤，二姐在那煤山下四处捡着煤核抱到车子上。待我铲装累了后，二姐替我铲装煤，我跳到车上把暄煤用力朝下踩。我们就这样把匝有竹编的煤车装满了，还过去帮着村人装煤车。及至大家都把煤车装好后，又都拉到磅场去过秤，再把交过钱的煤票条子交出去。记不得那过磅的两个中年从我们车上铲下去了几锨煤，只记得他们一个过着磅，一个朝下铲着煤，看着我和二姐说：“哪里的？这么小就来拉煤呀！”然后每朝下铲一锨，我和二姐心里疼一下，到不知铲到第几锨，二姐对那铲煤的说：“别铲了，再铲就不够五百斤的重量了。”那铲的就朝磅的看一眼，管磅的朝他点个头，他不仅不朝下铲了，还从地上又铲了一锨装到车上去。

我们就把煤车从磅上拉走了。

到了一片空地上，等着过完磅的村人们，大家比较着谁家车上的黑煤多，就发现我家的煤车顶上有被铲下去的大坑儿，便都担心我家车上的黑煤不够五百斤，被那过磅的铲下太多了，心里的难受如被人挖走了一坨肉。然而已经被人挖走了，没有办法了，只能忍疼割爱了。可这时，二姐朝不远处一片起火烧饭的野灶走过去，一会儿她就用她的衣服兜回来几兜的黑煤核。原来在那儿起灶烧饭烤火的人，走了就在灶旁这儿扔着几块黑煤核，那儿扔着几块黑碎煤，二姐就去捡回来，这多少弥补了我们对不够五百斤的焦虑和担忧，心里有了不吃亏的平衡和满足，便同村人拉着黑重的煤车上路了。

上坡和下坡。

下坡又上坡。

好像回去没有一段是平路，如没有谁的人生可以一马平川样。我驾辕主拉在车辕内，姐姐拉着边绳在右边。大家先是一队拉开朝前走，后来力大脚快的，就到了前边了。拉煤的车队也便散开了。我们不知道我们是在大家的前边还是在后边，就那么低着头地拉，不说话地走。也许走了三十里，也许走了四十里，忽然觉得灰黄的太阳到了头顶上——似乎是午时来到了，于是把车子停在路边上，我去找着石头起野灶，二姐端着备好的铝锅到一个村里去找水。待二姐回来后，我不仅垒起了石头野灶儿，还捡来了柴禾生起了火。

那天中午我们吃的是野灶煮汤面。汤面里还放了在家母亲切好的白菜叶，和用白菜叶包好的猪油和盐粒。汤面是二姐烧煮的，吃起来如同大年初一的炒菜和饺子。我们姐弟就坐在路边石头上，一个人端着一个搪瓷碗，边吃边望着世界的空旷和辽远，就看见日光转暗了，看见了我们未来的人生就在眼前边。看见了前边村里有人吃过饭后下地去，身后跟着一条狗。看见后边拉着煤的人，从我们身边走过去，见了我们就和没有看见样。

快要吃完时，二姐突然问我说：“连科——你长大后准备干啥？”

我有些懵怔地望着姐，不知道她为啥这个时候问这个，也不知道我这个时候该要怎样回答她。腊月的北方已经相当荒寒和冷酷，路上有水洒落立马会结冰。麦田地里长出来的麦苗都被冻成蔫黑色，让人担心来年春天它还能不能醒转活过来。我们就在那酷冬荒寒里，因为吃着热汤面条并不觉得冷，只是觉得内心空旷、魂灵没着落，如人在空中飘浮着，无论怎样努力脚都落不到地面上。后来我知道古希腊的安泰了，为故事里安泰离地而亡的命运感慨和忧伤。可那时，我除了无知就是内心的虚荒和茫然，有漫无边际的空旷铺在心里边，也就那样望着姐，像等着二姐对我未来的释解、安顿样。

这时二姐就很认真地想了一会儿："你是男娃儿，你要努力离开家。"

我越发不懂地望着二姐端碗僵在半空里。

"不行了你长大当兵去。当兵提干了，就不用这样在家苦劳受累了。"

再也没有说啥儿，像我睁着双眼寻找未来又看不见未来在哪儿。也就这样在荒野、无知和茫然中重新上路了。我们没有想到我们两个人没有人家一个人的力气大。可我们也从未想过回家晚就晚一些，总是想要拉着车子急往家的方向去，仿佛慢了家会丢了样。到了午后半晌我们从土道到了公路上，二姐和我换了辕绳和边绳。我看见二姐在车辕里像一只绵羊驾着马的车，心里动一下，还是由她拉着往前了。

原来路是一脚一脚走了过去的；坡道是一肩一肩拉了上去的。

坡路原来不仅是为了让人走，还是为了让人如牛马样拉着一车黑煤朝上爬。后来爬着爬着起风了，我们怕车上的煤粉被吹走，二姐就到路边结冰的水渠用饭锅端来两锅水，一碗一碗洒在煤车上。煤车的前边是在竹圈上边堆的煤堆儿，我索性搬来两块冰块压在车前煤堆上。这就重又上路了。如父亲说的样，上坡时我们走着“S”形的路，如果连“S”形的路都拉不动，我们就停在那儿等有人走来了，叫叔叫婶地请着人家帮推车。

时间是在我和二姐的用力和沉默中从午后近着黄昏的。那时路边笔直的杨，任它枝条在风中招手和跷指，我们都没有扭头呼应和聊说。我们只是低头不停地拉着车，不停地走着路，一会儿是我在车辕里，一会儿是二姐在那辕架里，我们像两头没有长成的牛，知道自己生来就是应该拉犁耕地的物，低头用力是唯一能做的事，也是应该做的事。

力气用尽了，黄昏到来了，可等待我们的，是还有脚下几十里的路。路两边的田野和草荒里，有莫名其妙的响动声。田野那边的山坡上，先是高高挂着晕暗色，后来就成了漆黑模糊的世界之界了。二姐这时不知从哪儿又摸出一块干粮饼，她掰下一小块，把大的递给我。我没有推辞就把那三分有二的烙饼接来大口、大口吃起来。吃多了，就应该在辕架里边拉着车。就应该更加明洞为了日子去拉煤，不仅可以让我们春节过年有煤烧、有火烤，而且还可以向左邻右舍证明我家日子好，不仅有柴烧，而且有煤烧。更重要的一档事，是我和二姐可以向同伴、同学们宣称：“我们去拉煤了！”“我们比你们成熟、长大、更有力气了。”村人们也可以在村里四处宣讲说：“闫[1]家的孩子了不得，小小年纪姐弟就跑一百多里去拉煤了。”

然我和二姐真的再也拉不动了呢。

过了有路标的明皋村，我们知道离家还有三十里。可那三十里，宛若要从北方到南方的三千里。天色黑得如同泥浆般。路两边的寂静里，有无数薄冰为了增厚响出的砰啦、咔嚓声。因为公路是上年才铺上去的沥青路，沥青在黑夜发出黑金似的光。就在这光里，我问二姐说：“你说爹、妈会不会来接我们呢？”

二姐朝着前方的遥远望了望，没有回话把我从车架辕里换将出来了。

“爹哮喘，可咱妈会来接咱吧？”又走了一段路，我又这样问二姐。二姐依然没有说母亲会不会接，只是说前边的村人差不多就该回到村里了，我们再坚持一下也就回到村里了。就那么坚持、坚持地走。坚持、坚持地拉着车。走一走，歇一歇。因为歇下身上的汗落

1．姓氏“阎”也俗写作“闫”。作者家人姓氏写作“闫”，作者依然使用“阎”姓。

了，会冷得身上也结冰，于是又慌忙起来拉着车。再遇坡道甚至平路也走不动了时，就又停在路边歇着脚。这时有汽车亮着大灯从我们身边开过去，我们就觉得卡车司机是多么神圣、伟大的一种职业啊，拉几吨、十几吨的货，脚一踩油门就轰轰跑走了。这时若有夜运的马车、牛车从我们身边走过去，我又觉得真的做牛做马也很好，力气大，车上装多少东西一低头，就把车子朝前拉走了。

做人出力实在是一桩糟糕的事。而做人不出力，风天雨天都在家里坐着有饭吃、有衣穿，那和神仙有什么差别呢？我实在不想做人了，实在不想如牛马一样拉车出力了。实实在在说，我真的走不动了呢。二姐看我真的走不动了后，就又只好同我坐在路边歇着茫然着。先一歇儿几分钟，再一歇儿会有十几分。到后来，我们是朝前拉上十几分，就地坐下十几分。拉上半小时，也歇坐半小时。未来的前路好像和我们的脚步相反样，愈往前走离家愈远样。然而远了也得走，前边到底是家的方向呢。人往家的方向走着本身就是朝着奇迹走过去。人生若不为了奇迹谁还活着呀！奇迹也就果真出现了，像上天看见我和二姐力气耗尽时，派神来帮着我们样。我们坐在路边歇息着，很想去路边干了的河里找块冻冰解解渴，冰润一下干裂的嗓，就在我和二姐在路边河里找着存水存冰时，我们听见了“素粉——连科——”的大唤声，接着就看见，有一个马灯远远地亮在黑暗里，像上帝说天下要有光，人类的混沌里边就有了光。

上帝说，人要有饭吃，大地洪荒里就有了稼禾有了粮。

上帝说，有人接你们，哥哥就来接了我们了。

哥哥听见我们的呼应朝着我们跑过来。

哥哥说他是听说我们去拉煤了，特地从县城跑回来要接我们一程路。县城离我家每年每月都是三十里，路程从来没变过。哥哥是晚上八点下班特地骑车回来接我们，所以有些接迟了。不过到底还是接上了，说如果他到家我们也到了家，那他就白白跑了这一趟。

接上了好。接上了天好地也好。生活美好，人心明阔，世界总是在绝望时候又有新希望。哥哥接上我们，让我和二姐觉得世界和日子，温暖得如寒冬中有一间旺了炭火的屋，也如城里人家旋转在夏日生活里的电扇和空调。

哥哥把马灯挂在车子辕杆上，让二姐和我都坐在煤车前边由他拉着车——谁让他是二姐和我的哥哥呢。我们就坐在煤车前板上，由他拉着车，看他像更有力的牛马样。

人生是多么美好啊!

哥哥拉着车，我和二姐都坐着，怕从车上掉下来，我一手扶着车辕板，另一只手空出来拉着二姐的手。二姐的手上有茧子，可还是柔和得和二姐一模样。有一个村子被哥哥和车子甩在身后了。又有一个村子被甩在身后了。村头的大桥就到了，母亲在大桥头上等我们。穿过村街到家了，大姐和父亲在门口等我们。血缘的亲情美得像冬天里的火，夏天里的风。伦理的血缘把我与父亲、母亲、大姐、哥哥和二姐牢牢联系在一起。真要感谢上苍把我生在这个家，给我这样的父母、哥哥和姐姐。

那年春节下大雪，我们熬年烤的火，全是我和二姐拉的煤和煤核儿，暖得连透风的屋子都没一丝冬日寒意了。村人、邻人那年都去我家烤火熬年夜，那煤和煤核儿，把一个村落、一个世界的寒气都给烧没了。

高中

请允许我把《我与父辈》中写到二姐的一段文字原原本本录在这儿吧：

偏巧那年，由初中晋升高中时，却又要由分数定夺命运。那些年月，我对阅读小说因着过分迷恋，而对人生，也因此变得有些迷惘。想横竖反正，我的命运就是同父母一样种地，不得不作于日出，息于日落；因此，并不相信考取高中就可以不再羞于人生、耕田种地，可以变为不是农民的城里人。也就无所进取，随遇而安，陪着同学们如同打哄看戏一样，参加了那年的升学考试。其时的结果，录取中的政策规定是，凡持城镇户口的同学，必须百分之百地予以录取，而对农村户口的学生，既要看考试分数，还要看大队和学校的共同推荐。就分数而言，二姐的分数高于我；就推荐而言，我姐弟二人，就只能有一人可读高中。

话是午饭时候父亲从门外带进家的。那是夏天，知了的叫声，在树枝上作张作致，泼烦泼乱，叫得密不透风。父亲坐在我家的院里，说了我和二姐只有一人可以上学读书的景况后，他看着我和二姐，有些为难，又有些犹豫踌躇地说，家里的情况，你们也都明白，人多嘴多，谁都必须吃饭，又要给你们大姐看病。这样，也是确实需要你们有一个留在家里种地，挣些工分。父亲说完，我和二姐在那个时候都端着饭碗，僵在父亲面前，谁都没说话。有一瞬间，时间生硬，再也不会如水样细软地流动。命运那时冰明水亮地冷在了我和二姐之间，就像时间成了石块冰坨，无形地砌压在了我家的院内。就这样过了许久，许久许久母亲从灶房端着饭碗出来，说，都吃饭吧——吃完了饭，再说这事。

也就各自吃饭去了。

忘记了二姐是端碗进了屋里，还是端碗去了别处。而我，端着用红薯叶子煮了红薯面条的一碗黑色粗饭，到了门外的一棵树下。树下空无他人。而我在那片空无里，却是无论如何也无心食咽那碗汤饭。也就在这个时候，在所谓人生的十字路口上，在我正为上学还是不上学的迷惘里，下乡到我们村里的一个知青，男，穿着蓝色制服，三七分头，高个儿，款款地从村街上走过，还和熟人点头说话。说话的顺序，是村人恭敬地先和他说，而他自己，只是懒洋洋地点头哼哈着答话别人。

他答着去了。

而我，在他走后很长的时间里，都还看着他的背影，就像看着一条通往远处的道路。就在那一瞬间，我忽然忽然、猛烈猛烈地想要继续读书，想要去念我的高中，想要从二姐手里，夺走属于她的那半个去念高中的期冀。也就匆匆地吃饭，匆匆地回到家里，看见二姐也正端着空碗，从哪儿出来到厨房盛饭。

我们在院里对望了一眼，谁也没有说话，就如彼此都不太认识对方一样。

下午，下地劳动，不知为何二姐没去。

晚间，二姐也没有在家吃饭。

饭后，二姐也没有很快回家。

我问母亲，二姐呢？母亲说，找她同学去了。也就这般，把一段命运暂时搁在脑后，就像把一个疮疤暂时用膏药糊了一样。也就睡了。月落星稀。窗外是清明夜色，有蛐蛐的叫声，还有半透明的潮润的夜气。睡到半夜时候，也许我刚要醒来间，就在这个时候，我家大门响了。二姐的脚步，轻柔地落在院里。接着，那脚步的声响，到了我睡的门口滞重下来，仿佛是再三犹豫后，二姐推开了我睡的屋门，进来站到了我的床前。

我从床上坐了起来。

二姐说："你没睡？"

我以"嗯"作了回答。

二姐说："连科，念高中，姐不去了。还是你去念吧。"

说完这话，二姐借着窗光的月色，看了看我。我不知道那时的二姐，看见了我什么表情。而我，却隐约看见二姐的脸上似乎挂着凄淡的笑。笑着转身走时，还又回头对我说道："你好好读书。姐是女的，本该在家种地的。"

然后就是漫长地等待高中开学了。在开学的前一天里，二姐给我买了一支钢笔，送给我时，她眼里含着泪水，却是依然地笑着说道："好好读书，连二姐的那份也给读上。"[1]

就这样，我成了理学大家程颢、程颐故里的嵩县四中的高中生，尽管只在那儿读了一年书，就又肄业外出打工了。然那一年的高中生，也是二姐把她的命运当成沙石为我修筑的一段人生的路。倘是没有这段路，没有这一年的高中之肄业，我就不能冒伪为高中毕业而从军入伍去。

不从军入伍去，而我的写作与命运，将必然是另外的样貌和岔道。

1. 《我与父辈》第16–18页，河南文艺出版社2019年1月版。

嫁走的二姐

读书、辍学和打工，后来我当兵走掉了。

我没有想到时间与岁月，在人的生命里宛若流水在风里。不知道是风吹着水，还是流水生着风。那一年，是我当兵后的第三年，因为规定义务兵三年可以探亲回次家，我请假回家了。

家还是家的那样儿。门前的椿树一点没长粗，且举在天空未及冬落的枯叶也毫无寸变着，原来有多少枯叶现在还是多少叶；原来哪一片枯叶长在哪儿、什么形状就还是原来的形状举在原来那地方。

原来我家房上有多少瓦，三年后还是多少瓦。

原来院落地上铺着由我和二姐从东山伊河那边拉回的红色水纹石片儿，现在那红色水纹石片还完完好好铺在院落里。时间一直都驻脚坐卧没有动，只是人们为了证明时间的流动才把日历一页页撕下去。我回到家是在初冬时的一个黄昏里，太阳已经从东山累到西山边。因为我回来，母亲慌忙有序地在灶房烧着饭；父亲慌忙有序地咳嗽着，并在一连的咳中生着冬烤的火。听见父亲的咳嗽声，我发现家里最深隐着的变化了——父亲的病比以前重多了，人比以前更为肌黄了；生火咳嗽时，会因为一丝凉气或烟尘，咳得难以缓过来。于是我慌忙过去给父亲捶着背，接过他手里拨火的铁钳不让他动，并一边往火盆里添柴吹着火，又一边无意随口地问："二姐去哪儿了？"

"出嫁了。"

父亲的声音小且僵硬着，像说二姐下地干活还没有回来样。我微微怔一下，看见火苗在屋里哆嗦着，而我手里拨火的钳子僵在火上不动了。天下静得很。火苗响出的声音如前朝的水泡在后朝破灭样。我看着父亲的脸，那脸上显出些微的无奈和局促，说我二姐已经嫁走快有半年了，姐夫也是我们同村人，人实在，家里也殷实，过日子是让人踏实安稳的。说之所以二姐出嫁没有告诉我，是因为我反正从部队回不来，那就不如不知道可以安心工作好。

我又想起了那句话——

生活就是伸曲不可、又车轮流水的这样啊!

晚上吃饭只有我和父亲和母亲，三个人坐在火旁端着碗，屋里空旷得如世界上只有从伊甸园搬家出来的那对夫妻和他们的孩子们。记得彼此没有话，又恍惚记得我和母亲和父亲，吃着饭说了很多话。饭后二姐和二姐夫回来了。大姐和大姐夫也都回来了。全家人围着火盆坐下来。没有话，也好像说了很多话。然后夜就深起来，让原本有些寂寥的屋里不知为何总有尴尬厚积着。我知道，这种落寞和尴尬，皆源于我对姐夫们的生分和不认同。不认同不是因为他们的穷富、聪愚和言寡，而是他们把我大姐、二姐带走了。我有些不解父母把大姐、二姐辛辛苦苦养育二十来年后，怎么会说让人带走也就让人带走去。那一夜，我对大姐、二姐和姐夫们，有很深的抱怨、嫉恨和隐忍。那一夜，我整夜都是沉默居多地坐在屋子里，直到夜深的脚步靠过来，大姐和大姐夫要走了，二姐和二姐夫也要回家了，他们一同起身离开我去送他们，二姐在院里回头对我说了一句话："你老大不小了，该找对象结婚了，不然家里只有父母两个怎么办？"

我重又想起了那句话——

生活就是伸曲不可、又车轮流水的这样啊！

这也就是人生吧！

聊言之三

莫名地觉得应该回到聊言之说了。

大姐和二姐的出嫁，让我想到一个时代的乡村婚姻中，革命与算计的笼罩和反笼罩。革命是那时婚姻的纲，而在革命的笼罩下，婚姻的考量和算计，倒成了对纲的挣破和突围。一九四九年前，大姐夫的父亲为了生存而当兵，成了国民党部队的一个为吃饭去打仗的人。而在一九四九年后的历次革命运动中，被批斗、游街之命运，便注定在了他们全家人生的动荡和悲凉。而其儿子之婚姻，无论他长得多么俊朗、读过多少书，其婚姻便成了被革命和社会鄙视、唾弃的路野之草或乡崖之荆物，直到一九七八年，“阶级”在政治中被经济所取代，他的家庭也从政治家庭的捆绑中，被解放、抖落为正常家庭的一部分，也才有了他与我大姐的这桩婚姻的事。

二姐的婆家不似大姐的婆家那么带有阶级和政治的烙印在里边，

但过日子的生存指数却高高地挂在他们婚姻自由的旗帜上。二姐选择二姐夫，除了二姐夫更为实在、诚恳外，还因为他是同村人，彼此的家庭根知而底晓，于是这婚姻的判断、指数、指标和可计算的成分便含在其中了。比如二姐夫是独子，他虽有姐又有妹，但将来都是必要出嫁的人，于是关于家财、房宅这些财产都无疑问地没有争执了，加之二姐夫“有工作”，是领工资的人——在县机械厂上班，穷怕了的人生，让父亲说的殷实直指生存与活着的可靠性。而二姐夫家选择我二姐，也同样考量（计算）到了我们家日子的相对殷实和可靠性，与一家人在村里口碑之好的传记性。于是，二姐就嫁给了二姐夫。似乎在乡村婚姻中，对双方各方各面的考量（算计）是婚姻未来的一架平衡器，但在今天的回想目光下，这种考量却更接近为了日子的婚姻之本质，且还有对革命笼罩婚姻的反动在其中。无论如何说，大姐、二姐都是自由婚姻者。但在她们的婚姻过程里，既有她们的自由性，却又有被社会意识附加条款中的无可选择性。二者的混合与混淆，把她们的人生、婚姻在自由的旗帜下，交给了社会意识的附加条款和乡村权力主导的限制里。

从中国的乡村婚姻看，其中一点是和全世界的婚姻同步同构的，那就是固有的社会婚姻意识作为爱情的附加之条款，常常以有力、有利、有理之三有，说服爱情从个人婚姻中退场或离开，而把主位让位给诸多社会意识的附加条件去。这就是大姐与二姐的婚姻与人生，也是几乎所有乡村女性百年来的婚姻与生活。说到底，无论谁的、怎样的婚姻与家庭，其实都是再再地证明着那样两句话：

婚姻与家庭是从任何的宽门走进去，但都必须朝唯一的窄门走过来。

嫂子

该说说我的嫂子了。

嫂子在县城是个医务工作者，不知道我哥和我嫂子是如何认识的。有一年我又探亲回家时，我嫂子突然出现在我面前，将她为我织的毛衣递给我。我哥对我说："这是你嫂子。"我心里怔了怔，嘴里叫了一声"嫂"，心里却想她怎么会是我嫂子？不知道我心中的嫂子应该是什么样，但我总觉得，我的嫂子应该是另外一番模样儿。尽管我嫂子长相周正，说话得体，甚懂礼节，我还是觉得她怎么会是我的嫂子呢？她怎么到了我们家？我们姓闫她姓崔，不是同根同源怎么会是一家人？如同姐姐们嫁走给我留下的家庭塌陷感，而嫂子的到来，并没把这种塌陷填起来。然而后来不久我就不仅觉得她是我嫂子，还觉得我们家缺的正是这样一个人。

家丑是叙述者的一道门。从这门里走过去，就能看到我父母和我堂亲三叔那心渊中的怨。三叔是我父亲的叔伯弟，他们的父亲是亲兄弟，血缘伸续至我们，我和三叔家的孩子就是堂叔伯的弟兄关系了。虽然是堂叔伯，但这也是至亲至近的血缘亲。在这至血至缘的亲密间，父母和三叔、三婶间的争吵、斗闹、哭泣及成年累月的生气与闷声，皆源于两家共用的院墙是“活墙”。然在这活墙共用中，三叔家盖房把地基朝着我们这边挪了有半墙。用今天的理念去谈论乡村的死墙、私墙或活墙，以及两家田地相邻时，有一家犁地朝着另一家的田地多犁了一犁或一耙，由此引起的斗殴、争吵和人命的事，就如两个饥饿将死的人，在争吵谁的腰更粗一些，个更高一些。如此着，父亲和三叔，就为这一墙之寸土，一年一月地争吵着，一月一年地不和着。而三叔，又是一个未见说论就欲起声争吵的人。未争吵就欲打架的人。而且一打架，就举起铁锹、斧头要砍人、杀人、置人于死地，为此每每之争吵，结局都是父亲、母亲最终倒在自家床上的叹息和流泪。而我们四个儿女，也只能无奈地低头在父母的床前沉默和不语。

记得有年夏天我十几岁，因为那墙的挪移与死活，我家和三叔家里又有争执了。三叔提着闪光的圆头铁锹站在我家门口上，大喝着：“出来一个，砍掉一个；出来两个，砍头一双！”而三婶，则在三叔的威势支撑下，在我家门口骂到语难入耳，话难复述。围观的人在门前从十几到几十又到上百个。就在这骂声和唤声中，父亲觉得不能不出去接腔搭话了。不接腔搭话就没人的尊严了。于是他对我们说：“我出去让你们三叔把我当街砍死去。砍死了你们都记住我是如何死去的。”这样父亲很从容地从屋里凳上站起来，穿好衣服，系好扣子，朝着屋外走过去，任我们怎么劝拉，他也还是朝着大门外的三叔、三婶走着大唤着说：“三弟啊——孩子们小，今天要必须有人死去了，你朝你二哥我的头上砍，让你二嫂和孩子们活下去！”

然后三叔就僵在那儿了。

破口骂着的三婶也僵在那儿了。

夏日午后的闷热如煮沸着的水。门前所有的人，看着走出门的父亲，脸上都是惊慌苍白的汗。也许三叔没有想到父亲会走出门来让他举锹砍，或者正盼着父亲出来可以朝着他的头上砍。母亲从屋里冲出来，拽着父亲朝回拉。而父亲则将母亲一把推到一边道：“我死了，你替我带好孩子们！”这样对母亲交代一句后，父亲就坦然生死，朝着院外走去了。

这时候，我们姐弟四个全都惊慌木呆在自家院子里，然后又跟在父亲身子后，看着父亲朝三叔和人群走过去，既没有上前抱着父亲的腿，不让他朝着砍杀和死亡去，也没有谁和三叔一样拿起铁锹、斧头和菜刀，一拼死活地对抗和反掣，只是惊恐、木呆地任由着事情的发展和延伸。软弱与恐惧，完全把我们控制了，像病变的癌瘤完全控制了人的生命样。

父亲就那么一步步地朝着三叔去。

人群里的静，让所有人的呼吸都如乡村两墙聚流起的穿堂风。父亲走近三叔了。三叔似乎也无路可退了，只能举锹大砍了，于是他声嘶力竭地唤着“你以为我不敢吗？！”就霍地将铁锹举过头顶，朝着父亲冲过来。而与此同时间，从人群爆发出了“啊！！”的惊叫声，便有人从三叔后边冲过来，抱着三叔朝着后边拉。

局势如两军对垒开战般。有人抱着我父亲朝后拖，有人拉着三叔朝后拽，直到把他们兄弟从两步的距离分到五六步，然后父亲就立在那儿盯着看三叔。三叔也钉在那儿举着铁锹逼视着他的兄长二哥哥。就这么僵持着、对峙着，直到劝解声中不断传出“你们是兄弟呀！你们是兄弟呀！”三叔才在过了一阵后，大声说了句：“看在我们是兄弟的分儿上，我就今天把这铁锹收起来！”

然后三叔就从空中收了他的铁锹转身回家了。

这件事情的尾末是，村人把父亲推着拉着回到我家后，母亲盯着我的两个姐姐、一个哥哥和我说：“你们父亲生养你们这么大，你们就站在那儿看着他去被人砍死吗？！”母亲的声音里，有着对我们软弱的不屑和对生养我们的后悔与不该。她的嗓子沙哑而尖厉，眼里的光亮寒凉而锋锐，直到今天回忆起母亲的逼视和逼问，我都身上有着莫名其妙的颤抖感，既不知道应该怎样回答母亲的话，又没有胆力去面对三叔举在头顶的刀一样的锨。

我是一个相当软弱、懦弱的人，无论是少年、中年和现在，懦弱都如蛇样永远缠着我。缠着我的笔，缠着我的手脚和命运。如果有人问我一生最困扰你的问题是什么，我会毫不犹豫地答：是懦弱！

懦弱决定了我的命运和写作，也决定了我哥和姐们的人生、婚姻、家庭与日子。

自这次三叔的砍杀和父亲自愿让三叔砍杀后，两个家庭的血缘破裂了，两家人长年貌合神离了。一年年、一月月，直到几年后我们家从那老宅搬离开。以为搬离是解决这因宅争吵的好办法，可没想到因为搬离了，三叔觉得我家老宅无人再住了，就又重新扒掉旧宅墙，要占用那一墙之地彻底盖房了。而更为没有想到的，是这时因为父亲已经不在了，而我当兵在外，哥哥人在县城，姐姐们也都嫁人他去，家里不要说没人能如父亲样不顾生死地来阻止这件事，就是有能力、胆量去和三叔、三婶理论理论的口嘴都没有。于是母亲打电话，去问哥哥怎么办。而哥哥和母亲千难万难地商量时，想不到的是，在一旁听着电话的嫂子急脚赶车从县城回来了。新嫁到我家的嫂子从车站下了车，没有回家就直奔三叔家，看看三叔家正起地基盖房的乡宅工程后，如当年三叔举着铁锹站在我家门外样，嫂子不慌不忙地站到三叔家的院子里，质问三叔为什么要这样挪动地基盖房子，为什么要多占那么一点点的土地盖房子。她质问我三叔，占那么一点地，你家院里的面积大出一筷子的长和宽，是能停下一辆汽车，还是能让院子大得和天安门的广场一样大，以便集会和开群众大会用？嫂子说，她刚刚嫁到闫家来，人已经是了闫家人，三叔要打架了，可以举起刀和铁锹先把她这个刚嫁到闫家的侄儿媳妇砍死。要打官司了，她可以停下工作不上班，每天都陪着三叔三婶打官司。嫂子问着说着话，不急不慌地走到三叔面前去，说她是新嫁到闫家来的儿媳妇，第一次到三叔家来不该空手来，就把从县城为三叔、三婶买好的补养品，礼节、礼貌地放到坐在那儿的三叔面前去。

“三叔、三婶，”嫂子叫着说，“你们都大了年纪了，一辈子为一寸薄地争吵和生气，值得吗？这一寸薄地是你们走了能带到坟墓里，还是能让你们多活十岁或八岁，长生不老和这一寸薄地的寿命一样长？如果能带走或让你们长命百岁了，我当家，不仅把这一墙薄地给你们，还可以把整个院子给你们。如果不能就把这正砌的地基停下来，有这闲暇你们跟着我到县城——我领你们到县医院检查检查身体去——检查身体、有病治病、健康活着，才是你们老年人最本分的一桩事，不是你们人老了，还为这一寸薄土宅地去争吵。”

矛盾就这样解决了。

三叔家果真停下了挪移地基之工程，彻底不再谈论一生为活墙、死墙和挪移土地之争了。并且在那次嫂子的横刀立马、长篇大论后，三叔、三婶和我母亲的关系也开始修补得完美无瑕样。

我太爱我的嫂子了。

自此后，我觉得我嫂子不仅是最堂正俨然的闫家人，而且如我的父母样，是我们家杂务千万的主正骨。自此后，大姐、二姐嫁走的家庭塌陷不仅被我嫂子和我妻子满满填起来，还让那血缘和情感的坑陷堆起了山。只是在后来漫长的日子里，我和我哥嫂的大女儿芳芳一块论起她的妈妈时，这又一代的女性对我说：“我妈妈哪儿都好，就是话太多，一天到晚吵得整个县城的大街小巷都装不下她的声音和道理。”

第 三 章

姑 姑 们

大姑

我不知道我大姑叫什么，忘性让我从未想起去问问父母亲。记忆从记事的某个季节起，我就知道大姑是我父亲的姐，嫁到距我家不足十里的一个叫“寨沟”的村落里。有一年跟着哥姐们到大姑家里去，发现寨沟近在咫尺间，所谓的“沟”，是遇物赋形、顺山弯绕的房子和河道。大姑家在这村口上，三间苫厚结实的茅草房，一间低矮洁净的土灶厨，一方干净到虽是土地却因掺了沙子而板结凝固的小院落。还有就是屋里墙上的菩萨图和毛主席的像，以及香炉、牌位和条案桌上的物杂们。

好像所有的乡村堂屋都是这摆设，如我大姑的名字叫“大姑”、三姑的名字就叫“三姑”样。关于我大姑，有一件事情数十年的思忖我都未明白，也没有刨根问底去探究竟。我大姑长得非常好，身材高挑，盘过小脚，红润方正的脸庞和总是盘在脑后的发髻儿，尤其她——有一双大而含笑的眼，配着她红白皮肤的脸，慈悲安详如菩萨样。

我以为菩萨也没我大姑长得好。

可我大姑夫，和我大姑一比较，那就太过样不配貌了。姑夫个不矮，皮肤糙得很，满脸都是土颜色，说话的声音大如从天空坠落的陨石雨。而且呢……我就说了吧，他是双耳聋，逼得我们和他说话都需吵架般。

我大姑怎么会错目嫁给他？穷、丑、聋，还有……还有就是他人很好，有力气，爱劳动，是寨沟村让人最放心的牛把式。对牛的那个爱，就像对他家的子女样。生活里谁若无故去拍打一下牛，他会大声训斥人家说："牛有灵性，也是生命，活一辈子不是犁地就拉车，它命已经够苦了，你还打它干什么？！"

大姑是因为这个才嫁给他的吗？

这也太不值了吧。

于是着，在我以毫无戒心的脚步来到我的十几岁，得知我大姑家的独生女儿不是亲生而是抱养后，我对大姑嫁给姑夫这个私谜有了诸多的想象和填补。我猜想，之所以要抱养，是因为大姑或姑夫，二人必有一个有生育之问题，那么有问题的那位是谁呢？我把这个疑问推理到大姑身上去，将缘由的荡荡空缺处，填补为是因为我大姑不能生育才嫁给姑夫的。姑夫是因为穷、丑、聋，也才娶了我的大姑的。那么说，我大姑是怎么发现自己不能生育呢？是她在和我姑夫结婚前，有过一场婚前史？有过婚史而又为什么我的父母、大伯、叔叔们，从来没有三长两短地提及过？我的小姑是自由恋爱，跟着精小帅气、有文化的小姑夫，半逃半横心地远嫁到数十里外的深山区，门前有一片几十平方的平整地，被他们村人当成城市广场喜爱着，因此我们生活在街镇上的人——包括我的家族至亲们，常常以此取笑小姑这自由婚姻之恶果。小姑的婚姻似乎是我们全村人的记忆和教训，常常被人挂在嘴上不断地说。据此乡村的坦荡和风趣，如果我大姑有过婚前史，村人和家人是不会不讲的。如果没有婚前史，而是有过出轨的不端和自由，即便我父亲、大伯、叔叔们，都视其为家丑，用羊皮书的封面把这言谈的秘密包起来，嫁到闫家的我的大娘、母亲和三婶、四婶们，也会以外来者的揭秘之乐趣，把这秘密传家宝样传给她们的后代子孙们。

可是一丁点儿都没有。

大姑家生活样貌的完整性，仿佛风雨不透的一张帆布般。她和我大姑夫，从来没有吵架和不悦。大姑夫也从来没有和我大姑有过不快和怨报。大姑夫上山犁地时，大姑总提着饭罐送到山梁上，使姑夫可以为了吃饭少走一程路，用这走路的时间躺在田头息身睡一觉。当大姑夫赶着牛车、拉着村人去我们家的街镇赶集或到更远的地方赶会时，黄昏到来后，我大姑必然会提着马灯去村头迎接大姑夫。这时候，牛车上去赶集的村人们，都大包小包买了集镇物，而我大姑夫，必然是买回一把上好的要在神前敬燃的草香送给我大姑，使我大姑在敬尊菩萨时，点燃的必是烟白、味正、灰柱能直立久长而不坠的香。

大姑和大姑夫的爱，是我们家族中的典范和个案，被我的父母、叔伯和娘婶们敬着歌颂着。他们总是教导我们说：“你们以后要能像你大姑和大姑夫那样过上一生就好了。”可在这车轮流水的日子里，我的这一代，哥、姐和叔伯哥姐们，几十个家庭上百口的人，没有一户能如大姑和姑夫那样把日子过得路平水缓，无争无吵，就像他们之间一切关于女性、男性的不解和疑问，都是他们日常而沉默的爱的基础和根基样。

聊言之四

现在大姑已经离开我们十几年，大姑夫死去了将近二十年。在我坐在这儿记述回忆时，脑子里浮澡出来的不是他们日子的柴米和油盐、岁月的恩爱与情长，而是儿时对大姑的人生、婚姻和家庭那令人不解的谜——大姑怎么就嫁给了姑夫呢？她半大的裹脚，是缠到中途自己给自己自由了，还是社会革命的时风刮到中原后，把她的裹脚吹开了？再或许，是我的爷爷和奶奶，听到他们女儿裹脚疼痛的哭泣声，就以父母的慈悲把那裹脚松开了？最重要的事情是，大姑到底有没有婚前史，如没有，以她那样的美人坯子怎么会嫁给形象、内心、秉性都如泥土般的大姑夫，而且彼此那种被日常俗事掩盖的爱，如同温润无语的河流样。倘是大胆不伦地想象大姑婚前有过自己浪漫的追求和自由，最后在悲剧到来时，才不得不嫁给我姑夫，不得不心归菩萨每天都烧香，那么我目不识丁的大姑的人生该是多么壮美的一部中国近代史、妇女自由解放史和女性平权努力的乡村历练奋斗史。

可这些，我丁丁点点都不知道。

我对大姑的无知一如我不知道自己有多少头发样。

人、女性、妇女解放运动和婚姻自由的选择权，还有生育、非生育的选择和自愿，以及乡村非生育儿女的成长、教育与环境的矛盾与融合，如此等等现代社会女性学的问题应该都在我大姑身上有着萌发和扩展，可惜都被我大姑和大姑夫从这个世界带到另外一个世界了。

我的父辈与母辈那代人，现在只还有我的母亲、小姑还健在。如果我想让这本《她们》的散文成为乡村女性史和女性学的专著书，就应该现在拿着录音笔和照相机，尽快尽快地回到我的母亲和小姑身边去。

可惜我只是想写一本随笔、散文而非相关女性的专著书。

二姑、三姑和表姐

我二姑嫁到了我们村西十几里那个叫“腾王沟”的村落里。自我知道我二姑的婆家是腾王沟那隅乡世时，我的二姑已经不在了。据说是因为一种很偶然的病，所以我对二姑空有一个悲伤的概念和人影。只是少年时，每每路过那个依水傍山的村落间，想到“我二姑嫁到这里了。我二姑早就离开这个世界了”，于是嫁去、死亡和失落，就永远挂在我的脚步上，纠绊着我的鞋袜和内心。

我的三姑嫁到了我家东边名为九皋山的半山上。在那个村顶的山巅处，李白曾经爬上去写过两首诗，其中的《鹤鸣九皋》至今都让我家乡的人们背诵和朗诵。关于三姑和我三姑家，我在《田湖的孩子》那本小书里，写到详尽、烦琐，终至无话说，宛若一桶水倒尽还在提着倒一样。可也终是还有一件事，在那本书中被我遗漏了，在这书中捡起来，如同忽然捡了一枚泪水凝结的钻戒般。

我三姑家有一儿一女两个继承人。男的乡俗文化让我称他为表哥，女的自然应叫表姐了。忽然间，有个季节我的表姐长大了。又忽然，有个季节她就出嫁了。再忽然，我读初中的夏天时，有天中午我回到家，三姑从婆家回来向她的弟弟、我的父亲哭诉着说，她的女儿、我的表姐嫁去不到一年就离婚了。“人家不要她，”三姑哭着说，“就因为她自小瞌睡多，一睡着就总是叫不醒。”三姑说，在娘家我表姐瞌睡任由她去睡，可她嫁走了，睡不醒人家就认为她是贪睡和偷懒，所以不要她了也就离婚了。

家还是我们那隅瓦房小院落，季节也还如往夏一样燥热着，而家里的氛围再也不是姑们回来、父母热切的那个氛围了。屋子里沉郁而闷重，空气如泥浆一样固态着。人们不可理解因为瞌睡就离婚的事。也不能理解夏天收麦子，忙到连呼吸都要缩短的日子里，瞌睡上来怎么会睡不醒。怎么明明叫醒了，连割麦的镰刀都放到表姐床边了，可她说了“这就起床”后，一翻身就又睡着了。

竟然睡到公公、婆婆、丈夫割麦割到半晌她还没醒来。

也就离婚了。

是“被”婆婆家里离去的，跪下的求情都没挽住一场夫妻、一桩婚姻的缘。三姑说着哭诉着，脸色苍白得没有一丝血。并说这是太丢人的事，丢人到无法让人知道让人解。“因为瞌睡被人家离婚不要了，这怎么向人解释、让人知道啊！”三姑说我表姐从她婆家提着衣物偷偷回到娘家后，三番五次和我三姑商量要自杀，所以三姑回娘家，向父亲说了这些后，没有吃饭就又匆匆回她家里了。

父亲让我去送三姑。

我把三姑送到村外伊河的木桥上，看着三姑走在混沌泥黄的日子里，就像她朝着命运泥浆深处沉着自杀样。

后来我的表姐又嫁人了。嫁到山那边的山里比她大许多的一个二婚男人家。据说那男人的妻子突然不在了，留下两个孩子无人去照养，而我表姐说她愿意去做后娘去照养。她第二次嫁走时，没有让任何人知道她又嫁走了，就像没人知道她被人家离过婚。她第二次嫁走离家时，对我三姑和姑夫说，她以后没事就不回娘家了，也不去田湖村看望她的大舅、二舅、小舅了，因为她的一生活得太为丢人了，太难张口向人释说了。

多年后，我因颈椎、腰椎病，到西安去找专家针灸和按摩，朝针灸专家说了这桩事，那针灸的教授对我笑笑说："瞌睡多是一种中枢神经病，你让她来找我在她的颈椎上扎两天针，她就可以和常人一样睡觉一样醒来了。"那一年，我带着这个喜讯跑回家，向家人说了针灸可治我表姐的瞌睡症，可我家里人——母亲、姐姐和哥嫂，还有我伯和叔家的孩子、媳妇们，都说不知道我的表姐嫁到哪里了，已有十余年没有往来了。而且那时候，我的父亲、三姑、三姑夫，也都先走一步离开我们了。一代人的别告如一片森林倒下样，如此大家都觉到朝着表姐寻去的路道已经给断了，不复存在了。也就没有去寻找表姐看她过得怎么样，瞌睡不醒的中枢神经病，一如往日还是好了呢。

几天后，我略有惋惜地回到部队里，每每想到三姑我就想到我表姐，好像是因为表姐我才记住三姑样。然而说到底，伦理的韧性终是没有时间更韧长，命运和止隔，最后把我表姐也从我的记忆中间带走了，像大姑、三姑离开这个世界后，我再也见不到了她们样，最后内心的冷酷也让我把表姐忘记了。

聊言之五

如果不算生硬扯秧现瓜的话，从大姑、二姑、三姑和表姐这条家族的女性藤秧中，会发现这样一件事：无论是城里人还是乡下人，在男权社会所左右的家族伦理记忆里，女性总是被记忆很快地遗忘并抹去。以婚嫁和坟陵的记忆路道的乡村记忆线，没有女儿（女性）从成年至坟墓的记忆簿。而作为媳妇走进坟地的女性们，是只有相随男性才可以被坟墓写入人的最后一卷记忆册。所以我二姑的嫁去和早殇，证明的只是记忆的出行和不归。关于她的人生和记忆，很早很早就作为陪嫁被她带走了，从闫姓的记忆中间抹去了。无人提及、无人再问了，这也包括她一奶同胞的哥哥、弟弟——我的大伯、父亲、叔叔们，在记忆中对她有意无意地抹杀和淡忘。

大姑和三姑，死后并没有回到娘家祖坟里，而是入殓到了她们的婆家祖坟去，这实质上是人类记忆的一种嫁接和交换。她们走去了，我的娘、婶、母亲到来了，大娘、母亲、婶婶以中断她们在娘家的记忆为条件，换来了到婆家留在记忆的结局与终束。正是因为婚嫁中记忆的交换和断续，我的表姐竟就那么简单、残酷地被我们忘记了，是死是活都不再关心了——这也包括我。“嫁出去的人，泼出去的水。”这是中国最残酷、绝情，对女性犹如柔刀钝杀的文化和秩序。所以说，我的姑姑们，不仅是嫁出去的人、泼出去的水，而姑姑家的女儿们，更是嫁出去、再嫁出去的人，泼出去、再泼出去的水。仿佛一列火车断开后，后边的车厢在进入另外轨道的日子里，又一次断开并又一次切换到另外一条或福或祸的轨道上。于是间，且顾自我和眼前伦理的人，没有人再顾及她们的人生、命运了。把她们从记忆中合情合理地抹去了，这本质是提前把她们从记忆的伦理链中杀死了。于是表姐的离婚、再婚与她的新家庭，都和我们没有关系了。

没有人为对表姐的忘记而内疚。没有人觉得伦理记忆是记忆。即便是我，倘若不是为了写《她们》，我还能记住我的表姐吗？能想起因为嗜睡这小而又小之病症或嗜好，就被男人（男性）将其命运推入未知的黑暗和渊深里，而我们对她的遗忘与冷漠，又如我们每年清明从未忘记去自己父母、爷奶的坟头祭奠、伤感和回忆，却从未去过姑姑们的坟上样。

一切皆源于她们是女人或女性，尤其是乡村的女人和女性。这么说，如果乡村社会是古老、传统、杂乱的荒野地，男人、女人都是这块土地上的垦荒者，但当所有的垦荒者都离开土地时，田头墓碑上的名，却是只有男人、没有女人的，就像女人没有在这垦荒中流泪、流汗、流过血。

记忆把女人出嫁并且抹杀了，但没有人会认为记忆是凶手。因为这个抹杀原本是没有凶手的，就像没有人认为女人不应该出嫁样。

小姑

我小姑嫁得非常远。

在马车、牛车还是重要交通工具的年代里，汽车和长途公共客车从公路上嗡嗡驶过去，对于乡村就像节日年会的锣鼓般——这样的描述你会以为是在盘古开天、地莽天荒的岁月里，时间的身上还带着远古的青苔和印记。路还没有从脚下走出来。湖还没有被陆地所规范。海还不知道它的岸线边界在哪儿。草原和森林，还是混为一谈时。其实事物的边界不是那样儿。我说的仅仅是数十年前的事，那时你们的父亲胡子刚刚长出来，母亲在准备着质朴的嫁物却还不知自己要嫁到哪儿去。

然而那时候，我小姑知道她要嫁到哪儿了。

爱情对她的召唤，仿佛阳光对向日葵的召唤样。小姑夫是镇上粮站的会计师，不仅识字能读书念报纸，算盘也打得流利到大珠、小珠落玉盘。那时候，在上世纪的五十年代里，文化不仅是一种神赐的光，而且还是爱情天平上最重的秤砣和权利。从各个方面考量和思忖，我小姑没有理由不爱我的小姑夫。尽管小姑夫家里远得仿佛是从中国到非洲那个部落边旁的小村庄，通往那儿的路道最宽、最平整的地段是牛车从那儿过去时，老牛必须呼哧呼哧多喘几口气。就这样，我小姑决计要嫁到那儿了。爱情的力量，像火车头拉着一辆轻巧的胶轮马车般。两情相悦之自由，宛若马灯闪灼着探照灯的光。于是我的小姑在我爷奶和家族村人的反对、讨伐中，有天早晨她和她的衣物、包裹不在了。

朝着爱情的方向飞去了。

小姑逃去的地方叫什么村落呢？没有人知道。

带走我小姑那人的家境怎么样？没有人知道。

离那叫“田湖街”的繁华村隅有多远？能回答和填补这些空白的，只有不言的自由与爱情。现在想起来，我小姑和小姑夫，应该是我们中原乡村那方隅地自由与婚姻的奠基人。在今天，我们每个人所走在自由、柔情、相爱的道路上，都有着他们从荆棘中首先起脚留下的眼泪和脚痕。而鲁迅说的“走的人多了也就有了路”，说的正是我小姑和小姑夫。且他们还是那片荆棘中“走的人多了”的最前列的人。

后来我父亲说起第一次去我小姑家：“远得和天边一模样，脚脖子都给走断了。”

我大伯说起我小姑家："那儿的野草真好啊，出门割几镰，就能当作苫草盖房了。"

而我母亲说起我小姑，则总结得干净而利落，很有终极宿命哲学的味："都是命——老天安排男人的命，就像安排他亲生儿子的命。安排女人的命，就像安排后娘女儿的命。"

等我有能力去我小姑家里时，公路已经蜿蜒如蛇地爬到那隅山脉间。等一个小时的车，在车上挤站两个半小时，再下车失急慌忙走半天，日升出门，太阳落山就到了我小姑家那叫刘家涧的村子了。村子有二十几户人，分两片坐落在一条山道下。有十多户起房在山坡上的平缓处，还有几户的房舍挂在山崖上，落在那十几户的偏远旁。小姑家就是挂在崖头上的那一户。三间苫得很好的草屋房，两间稍矮的厢屋子，一间为厨屋，一间为磨房，院里有猪槽、牛槽和鸡舍，还有堆码房高的烧柴和野枝。大门前被人们说成广场的几十平方米的缓坦地，向前一跨就是望不到底的沟壑和深渊。四月迟至的春暖到来后，那儿满崖满坡都是盛红壮丽的杜鹃和灿黄如翠的迎春花。

小姑是因为这儿的水清花好才嫁到这儿的吗？

那谁知道呢。

小姑嫁到这儿有过后悔和对命运的抱怨吗？

你去问你的小姑啊！

对。这些问题都是该由我小姑回答好。我父亲、大伯、叔叔从来没有当着我们的面，问过我小姑为爱情的逃嫁后悔不后悔。我母亲在我们姐弟面前问过我小姑。“后悔啥——过得挺好呀！吃不愁穿也不愁的。”这是我小姑几乎固定的回答和命运之解说。无论谁问她，她都这样笑着对人说。

六十年代到来了。上世纪中国的六七十年代充满着革命的烈火和被几近烧干的人的求望欲。因为精神的理愿太为美好了，肠胃对物质的需求就因此变得寡淡像知了对清风的欲望样。记不得大饥荒的岁月里，我小姑们是如何熬度过来的，只记得母亲对我说，那时你小姑和姑夫会走一天路，半夜把一兜儿先前喂猪的麦麸送到娘家来，然后对她的几个哥哥说：“我嫁到那儿是对的，我们那儿没有饿死人。”到了六十年代乡村的粮食再次不够吃，我们村不到年节谁家吃了白面和大米，那几乎就是一种盗贼和罪恶。这时我小姑家因为是深山区，革命锣鼓的声响没有那么震耳和呐喊，人还有时间、精力种粮食，他们就在非年非节的日子里，时不时有白的馒头和干捞面。

那时候，假期我最爱去的地方是我小姑家。到那儿下河可以捉螃蟹，割牛草时可以上树掏鸟窝，回到小姑家里我小姑总是给我捞一碗蒜汁白面捞面条。用棉花籽榨的棉油炸出的油条黄焦并脆软，作为贡品进贡给皇帝决然也是好东西。而且暑假结束时，姑夫和小姑，总让我背一袋从石磨上刚刚流出的头遍白面给我父亲带回去。

后来我父亲生病了，我小姑每每回娘家，带的都是白面和上好精磨的绿豆面。

有一次，小姑从她家又回到娘家里，夜里坐在父亲的床前边，兄妹说了一阵贴心话，父亲忽然让我母亲去把大门屋门都关起来，然后他想了一会儿，又朝四周望了望，就对我小姑说，革命革狠了，粮食要短缺，人怕又要像“那三年”一样挨饿了。为了预防再来一次大饥荒，他让我小姑趁早多屯藏一些粮。我小姑就对我父亲和母亲很神秘地笑一笑，说让我父亲尽管放宽心，说她们那儿虽然是山区，可人一点都不傻，为了预防再有“三年大饥荒”饿死人的事，家家都偷偷节约屯粮食，还有人家把地上挖个坑，将大缸放坑里。在缸里放粮食，在缸外周围放石灰。然后再把缸口盖住埋起来。

那时候，我父母都惊异、足满地望着小姑的脸，沉默着每个人的脸上都是宽慰的笑。那时候，就像神把白昼、黑夜分开样，电线从遥远的洛阳笔直有力地架到了我们村，灿亮的电灯光，照着我父母和小姑的脸，他们都像粮食的圣徒般，每个人都如被神圣的粮食的圣手抚过了顶，人人脸上的光色都充满着安慰、幸福和人生踏实感，就像他们知道饥饿的洪水要来了，而他们已经把粮食的诺亚方舟打好藏在某个地方里。

就那么沉默着，微笑着，到过了天长地久的一段时间后，我父亲作为小姑的哥哥说了一句来自生命之悟的话。

“翠，”父亲叫了一声我小姑的名，又沉默片刻后，“你逃嫁到那儿是对的。你比你大姐、二姐、三姐（我大姑、二姑和三姑）的命都好。”

这时候，我看见我小姑眼上含着泪，脸上的笑，从来都没有那么幸福轻快过，像神的笑在人的脸上浮现证明什么样。

然后夜就深去了，日子就充满着爱的诗意了。

聊言之六

现在我小姑已经年逾八十岁了。六十余年的生命、爱情和无奈，把她的生死系在那沟壑崖头上的宅里和宅外，生养、种植、操持和面对田野沟壑的劳作与息歇。我不知道当她安静地回忆自己的一生时，无论是可谓波澜壮阔的爱，还是激情之后的沉默、寂静和孤独，她都认为那是她应该接受面对的，不需要三语二言的抱怨和悔恨。至少我们从来没有听到过她对命运有过抱怨悔恨的话，一如我大姑很少诉说我大姑夫的不是样。现在间，小姑家四个女儿早就在命运里远嫁他乡了，两个儿子也都踏着青春晨光的路，离开那悬崖、山脉到城里或更远的新疆喀什城里去。那隅山村只还有我小姑独自守在那片崖地生活着。小姑夫早在二十年前就离开这个世界了。他和我小姑生育的六个继承者，除了名为爱香的大女儿，其余五个的婚姻都是我小姑独自操持领办的。相当有趣、吊诡的事情是，我小姑对孩子们的婚姻几乎没什么要求和苛责，其所有子女的嫁或娶，她都任由他们自主选择和确定，但对他们唯一的寄望条件是，儿子们千万要进城，到繁华热闹好挣钱的地方去。女儿们，即便不能嫁到城里去，找的婆家也要离公路近一些，出门到繁华闹市赶集方便些。

无法猜想我小姑对婚姻、爱情、女人、女性这些浅白而深奥问题的理解和看法。她是我们家族中最不顾一切追求爱情的先驱者。似乎是为了证明自己对自由选择的正确性，她一生都没有说过一句“悔不当初”的话。而在之后、之后的岁月中，能证明她婚爱选择正确的，却又不是那闪着圣光的她和我姑夫的爱，而是“粮食总是吃不完”的俗常与殷实。

中国的历史从来没有在乡村生活中脱过轨，也从来没有如高楼成为城市的证物一样突兀林立过。我小姑是因为历史才可以自由选嫁的，却也要用历史那巨大的伤痕——饥荒与粮食，这极度物化的东西去证明极度的精神之爱的高尚和正确。这种逻辑和证明，有点像作家必须吃饱肚子才能写出小说来，可也有点类似吃饭时将一盘神学、哲学端将在了俗世的大餐桌子上——人们种地了她种地，人们盖房了她盖房，人们都出去打工挣钱了，她也鼓励她的子女们到广州、深圳去打工。日子和物质，像海一样包围着小姑的思想与精神的岛。

现在，我小姑家那个如非洲部落一样的村，年轻人都已远行不在了。不仅是打工，更重要的是他们沿着通往城镇的路，嫁娶落户到更为繁华的地域了。许多老人也都随着儿女们，到了山外的城镇繁华处。留在村里的几户人家二十几口人，在孤孤地守着并等待着村落和一代人的尾声与终止。为了使小姑的生活更为便利和踏实，我哥、我姐和母亲，都数次提议让我小姑重新搬回她的娘家来——住到我们家，享度有镇有街的晚年和人生，可我小姑却锵锵言言说："我哪儿也不去，我就守在这个村里和院里。"

胡安·鲁尔弗的小说《卢维纳》，写的是灰白色的卢维纳山脉上的男人和年轻人们都走了，为了生活下山进城了，山上只还有女人和老人。有人问女人们为什么不跟着男人和孩子们下山去，那些女人异口同声地答："如果我们离开的话，谁来照顾这些死人呢？我们待在这儿，我们可不能把他们孤零零地撇在这儿不管啊。"[1] 这回答和我小姑的言行一模样。我简直就认为，写自上世纪五十年代墨西哥的《卢维纳》，正是关于中国北方山脉中的一篇非虚构。在至今我小姑还生活在那重新有了狼叫、有了野兔无端跑进院落的村子里。前不久我亲自去那儿，想把小姑接回娘家和我的母亲一块照养着，可她不假思索地问我道："我走了，你的姑夫咋办呢？"

我的姑夫名字叫"王福来"，他十几岁时就能读书和看报，天大的数字他都能在十二柱的算盘上，弹拨得确凿并清晰。我的名字"连

1. 《胡安·鲁尔弗中短篇小说集》第95页，外国文学出版社1980年版，徐鹤林等译。

科”两个字，是我小姑夫在我出生时送给我的小礼物，他说：“社会主义苏联有很多人都叫连科哪！”

第 四 章

娘 婶 们

大娘

我不知道我大娘是如何嫁给我大伯的。我几乎没有听说我的那些叔伯兄弟和妹妹们，逢年过节说要去我大娘的娘家——他们的外公、外婆家里去。

像他们自小就没有外公、外婆样。

倘若如此，我大娘的人生该是多么悲苦哦，也许她的童年黑暗得就像一团王羲之习作书法的洗笔池，无论后来多么地好，最初无疑是一团糟中的糟。可自打我明洞记事那一日，似乎记得我大娘脸上总是挂着笑，总是不停地哼唱着豫剧、曲剧和河南乡村的小调儿。大娘就像一个舞台演员样，不知何故从舞台上幕谢下来后，为了证明她和所有村人、女性不一样，于是除了熟睡后的那段时间里，就永远要哼着小曲唱着戏，如她是公主嫁王子，不日日间地唱，就无法证明这婚姻、家庭的好。

然我大伯经常会笑着对村人和我们调侃大娘说，有时睡着她还在梦里唱戏哪。没有人知道我大娘为什么年年岁岁、月月日日都那么开心和快乐，生活的苦难和艰辛，在我大娘似乎从来没有过。在《我与父辈》里，我详尽地描述了大伯一家在中国那个年代的困苦和境遇，日子切真如辣椒、陈醋和黄连、苦胆熬制的一锅不得不喝的粥，八个孩子、两个大人十口人，冬天大雪孩子们没有鞋袜穿，必须光脚踏雪是很正常的事。一大锅菜叶煮炖烧好后，才想起应该往锅里撒把面或一碗玉米生糁儿，这时慌忙去打开面罐、生罐儿，又发现昨天或前天，罐儿都已洁净空荡了。在中国久长的家庭秩序中，男主外、女主内，这天老地荒的分工在我大娘那儿是没有的。孩子们没有鞋穿她会在门前大声嚷着说："那么多孩子，靠我怎么顾得过来呀！"火上烧开了锅，想起家里没粮了，那就熄掉火，端个海碗或面瓢，唱着到邻人或我家，借一碗一瓢的粮面再唱着端回去，重新生火烧饭开始一日三餐的又一餐。

苦难在我大娘是欢乐的。

她接受、迎对苦难的能力如海可容纳百川般。

我大娘一年四季脸上的笑，像永远的春天、草地和牛羊的美满样；春夏秋冬、日日时时地唱，仿佛一条河流穿过沙漠而它的水不少、潺不息，流淌的声音走在沙地反而更响、更大、更为浑厚清脆着。

有一年，正忙的大夏人都下田收麦子，午时收工回来我大娘因为在院里唱戏忘了烧饭了，为此大伯气得把一打饭碗摔碎在院里。“你摔了碗，孩子们用啥盛饭啊？！”质问着我大伯，大娘丝毫没有理亏窘迫相，也就哼着曲儿从我大伯身边绕过去，开始生火烧饭了，且在灶房间，还在唱的间隙挪出时间质问我大伯：“晚吃一会儿天会塌下吗？”

为了抢时下田割麦子，我大伯就那么在院里怒怒站一会儿，猛地一跺脚：“不过啦！不过啦！——我们今天都到街上吃饭吧！”唤着就召集他的一片孩子们，要到街上挥霍吃一顿。也许是每人一大碗的牛肉、羊肉汤，也许除了这汤杂，每人还有一个半个面馍和锅盔饼——多么诱人的香食啊，我的叔伯兄弟和妹妹们，就有些感谢母亲中午因为唱戏没有烧饭吃，倘若烧了哪还有我大伯破釜沉舟地带着他们上街去美食午餐呢。也就都提着镰刀、麦绳跟着我伯朝着街上走，就听见大娘从家里追出来对着他们唤：“别忘了给我捎回一碗啊——我要羊肉汤——”

之后我大娘就又在门外村口大声地笑着唱了豫剧《花木兰》中的“谁说女子不如男”。

现在回想起来那时候，我大娘终日唱着、哼着的戏声曲儿声，都还萦绕不绝地响在我的耳边和我们村口上，一如历史必须写在史册上，功业必须刻在石板、石碑上，而我大伯家的苦难和辛酸，也必须伴在我大娘的戏声、曲声里。

就在这终日不绝的戏声、曲声中，他们的八个孩子长大了，个个都成家立业了。时间的针，伴奏着岁月的艰辛和烦恼，不屈不挠地穿过四季，来到一个新世纪，来到一个新的时代节点上，当我们回首过往，再次聆听记忆中一个乡村女性面对苦难的唱腔时，我们终于意识到，那从年轻开始一直哼唱到老的女腔音，不是从她的嗓音发将出来的，而是源自她的生命对生活和命运的抵抗与坚韧。倘若不是她不息的哼唱和反抗，在那多年几个孩子必须挤在一张床上、只盖一床被子的寒冷里，人又怎么能熬过寒冬之冷呢？

一个时代过去了，另一个时代到来时，我在我大娘家新起的楼屋问我大娘说："你一辈子怎么那么爱唱呀？"

大娘回答我："不唱日子咋过啊！"

回答完了这话儿，那时已经七十岁的我大娘，问我和我的姐们道："你们现在想听我唱戏吗？"我们没有回答想听不想听，大家只是笑着逗闹着，一屋子都是生活和女性的笑，把一个院落、村镇和世界汪洋了，也重新凸显塑造了。

现在想，如果要评选一位我家族中最英雄、伟大女性来，我想我应该把这一票投给我大娘。

四婶

许多时候里，从女性的角度去索检我家族中女人们的生活时，就像以树叶为眼去看林地和草原样。树还是树，草还是草，没有任何的质变和转移。但你若放弃黑白分明的男性、女性视野后，把她们当作女性的“人”或“作为人的女性”时，那就能看到她们身上的光辉和照耀之美了。可惜我们家、我们村和整个中国乡村不会这样去看她们。于是间，我们家对我四婶的评判变成这样了：“小心眼”“记仇”并“小气”。四婶毫无例外是媒人依着天命把她送到我们闫家的。可她偶然而又必然地一进闫家门，不费吹灰之力就成了我四叔的总管、主任和账房先生了。我四叔非常听凭四婶的话，宛若树叶听凭树枝和风的摇摆样。四叔每个月的工资都如数交给我四婶。而且我四婶，让我四叔穿件蓝衣服，他决然不穿黑衣服。四婶说还是那件灰的好，四叔就能透过灰色看见天蓝云白了。从这个角度说，我四婶说不定是女性主义的乡村典范哪，尤其在我四叔退休时，在由儿子还是女儿去接班进城工作的议题上，全世界的人都觉得应该让儿子去接班，可我四婶舌战群雄说，应该让女儿去接班。也就最终是女儿接班进城了，让儿子在家种地打工了。当天下人人都对此困惑不解时，四婶把她简浅、明了的道理摆在世人面前道："男孩子结实有力气，在农村种地、打工扛得住；女孩子种地、打工她能受得了？！"

别以为我四婶不识字，其实在男性、女性的问题上，她一出生就明白"男人、女人是不同的人"。是明白"女人生而为女人，男人是生而为男人"这两性哲学和性别伦理的人。将我四婶当作"女人的人"或"作为人的女人"去考叩并疑问那些"女权""平权"等国际政治问题时，她是我们家族中例外的一面旗帜和镜子。有一次——几年前的事情了——不知是我母亲因为四婶说了她什么，自此母亲不再理我四婶了。我四婶也不再理我母亲了。彼此两亲相疏，冷冷相对，老妯娌就这样一月一天不再说话了。谁见了谁都把头扭到一边去，将目光斜到天空或者树梢上。可是呢，在村西偏远的那条胡同内，改革开放和商业之大势，让村胡同里的家家都搬到了镇中的繁华地段做生意，或到更远、更偏的地方办起了养鸡场或养猪场。总之说，原来人丁兴旺的村街寂寥了，那条胡同几乎仅还有我母亲和四婶几个老人在。

这怎么能够不说话？

又怎么能够低下作为人的尊严谁去向谁首先说话呢？

秋天时候我回到了家。母亲在给我说了许多村里的生老病死后，开始和我说她和四婶深刻的止隔和矛盾。说我四婶言，有一次我母亲从她面前走过去，她和我母亲说话母亲没有搭理她。为什么没有搭理她？因为母亲依仗着她有个儿子是作家，不仅有名声，还经常给她寄钱花；钱多得家里种了菜，还要再到街上买菜吃。于是这有辱我四婶作为人和女人的尊严了。为了坚守作为女人的人的尊严性，四婶坚决不理我的母亲了。而我母亲，那冤枉简直是山高又海深，说她从我四婶家门前过去时，一向都是主动和我四婶说话儿，从未等着四婶先开口和她说话儿。母亲说她这样谦逊并低调，四婶还无中生有找是非，所以她就决定不和四婶说话了。“不能如你四叔一样惯着她。”并说四婶的脾气（女权主义）都是我四叔给惯养出来的。说我四叔一辈子实在没出息（连一点男权思想都没有）。

我有责任调停母亲和四婶的隔阂与矛盾，因为这不仅是一个七十岁、一个八十岁的老妯娌间的事，而是关于女性、女权和人的尊严在两个“老女人”间的人类共有的矛盾和窘境。于是第二天，我乘母亲不在时，把她吃不完的鸡蛋、奶粉（都是别人送的）提上去看我四婶。四婶坐在她家院落里，我把提的东西递给她，说是我母亲让我来看望她，并说我母亲再三交代要问四婶好，说老妯娌都七十、八十岁了呢，一条胡同就这么几户、几个人，不能这样老死不相往来不说话。

这时候，我四婶脸上闪着红润的光，充满兴奋、疑问地盯着我，再三问我母亲真是这样认为的？真的这样说了吗？东西也真的是她让提的吗？

我向四婶信誓旦旦地点着头。

到这儿，四婶“作为人的女人”或“作为女人的人”的尊严彰显出来了。她早有准备、并深思熟虑地把“作为人的女人”或“作为女人的人”的条件一、二、三地摆在我面前。四婶说：“你妈真的想和我和好了，你去让她来我家坐一会儿，来先和我说上一句、两句话。”

“你去见我妈先叫声‘二嫂’也行呀。”我笑着循循善诱道，“谁先和谁说话有那么重要吗？”

四婶把脸板将起来了：“当然重要呀！你们家是人上人，日子比我家过得好，我怎么能首先去和你妈说话做事呀。”

我无话可说了。

原来我们家是人上人。人上人就那么在秋阳里呆了一会儿，想到了我四婶作为人、人生、命运中天然地对人和女性的尊严的敏感和注重，就答应了让我母亲首先到我四婶家里坐一坐；首先来和四婶说话儿。于是着，背负着“人与女性”的尊严和期望，我从四婶家告别走出来，在空寂的街上看看天，看看地，看看我家后山梁上的秋葵和艳阳，待四婶送完我回到家里后，我又到街上买了一箱最好、最好的方便面和一箱瓶装的可口可乐提在手里边，从另一条胡同左看、右看后，踏着落叶和寂静，略有奇怪、兴奋地走回家，看见母亲正在准备午时包饺子，我就把那些东西放在她面前，用得意和胜利者的语气对我母亲说，我刚才出门在胡同口碰到四婶了，四婶死拉活扯要让我把这一箱可乐和方便面提给她，并说我四婶让我告诉母亲道，村里的传言千万不能信，那些传言都是想让她们老妯娌矛盾才离间、挑唆的。

母亲就在院里洗着韭菜望着我。

我很不经意地随手把那方便面和可乐放在她面前，并主动打开可乐箱子拿出一瓶仰头喝起来。

“我不信你四婶会舍得花钱给我买东西。”母亲轻声说。

“我也觉得奇怪哪。”从嘴边卸下可乐瓶子望一望，“味道倒很正，是从洛阳才能买到的那一种。”

母亲想了一会儿：“可能是谁送给长科（四婶家的大儿子）的，她喝不完了才给我。”

我说道：“那也算四婶的一片心意吧。”

然后我母亲沉默一会儿，自语说别人敬我们一尺，我们不能不敬人家一寸呀，于是毅然决定冰释前嫌，让我去四婶家里请四婶中午过来吃饺子。我便做出决定要去请的样子后，又犹豫着对我母亲道，别人都说我是一个很有钱的人，去四婶家当然不能空着手，又不能人家百来元买两箱东西给我们，我们再还百来元的两箱东西去，如此到了四婶家，我就得给四婶留下几百块钱吧——这是一个很大、很严重的问题了。有时候，天问一般精神上的事，落实到物质和钱上，小小的具体便战胜宏观了。物质便战胜精神了。细碎模糊便战胜黑白分明的两性问题和尊严之间了。没有人比我更理解我母亲，也很难说有人比我更理解我四婶。甚至还可以定断说，在现有的作家中，也鲜有人比我更熟悉乡村、农民和那儿的土地与文化。无论是“作为人的女人”，还是“作为女人的人”，我对我四婶和母亲之熟悉，就像购物狂们熟悉他们喜欢穿的衣服的尺寸和品牌。

我望着母亲如望着一个购买中熟悉而犹豫的乡村品牌样。我知道我母亲是一个很好的乡村数学家，在我说完留钱给我四婶那话的一会儿，母亲很快算明白几百元能买多少个“一箱两箱”了，于是在脑里经过计算机式的核算后，母亲就默不言声地自己朝我四婶家里走去了，亲自去请我四婶到我家里吃韭菜鸡蛋饺子了。

一顿饺子后，我母亲和四婶自此再无矛盾过，直到前年三月我四婶离开这世界，她们都彼此亲密得宛若大知识分子明白了无论是“作为女人的人”还是“作为人的女人”，她们首先都是人。而作为人的首要条件就是理解和爱，不是疏远、嫉恨和隔离。

聊言之七

“人，作为女人的人和作为人的女人”，这呈着人类尊严、自由和政治理想的女性学，不是一个男性作家能够说清论明的。一个男人讨论女性之疑问，多少有如盗贼参与讨论一个社区的安全法。然而在中国，尤其在中国乡村现实中，“女人首先是人”的问题，尤为突出和刺目。在北方乡村许多更为庄重的环境里，称女性为“女人”时，是有猥亵意味的。在一些公众、正式、肃严的场合里，如“提升”“选拔”这样的事，只要有一个男性领导说句“算了吧，女人呀”，便会有一片点头的“呵呵”声。在这“呵呵”的赞同里，是有着“女人就是女人”（非人）的共识在里边。直至今天，在乡村不视女性为人而被家暴是很经常的事。而且女性被家暴，还会被视为是传统文化和男性社会的恶劣之共识。在屡禁不绝、屡法屡漏的拐卖妇女儿童案件中，女性被年龄大小、身体健康状况和形象丑俊、读书多少这四项指标“以质而论价”。而在拐卖儿童的案件里，男童的价格比女童高卖出一倍或更多。凡此种种，都在证明着整个社会的“女人非人”观。即便女人也为人，她也首先是女人，其次才是人。女性先为人还是先为女人这认知之混乱，把女性从社会共识和伦理秩序中，轻巧地送入了“非人区”。缘于这样儿，我在我家或别的地域里，看到有“女人当家”（如我四婶）的家庭时，总忍不住对那当家的女人多多地注目并忖思。我想知道在一个家庭里，女人当家是因为男人“窝弱”才当家，还是因为女人强势、精明才当了家。

在乡村，我没有碰到过“平权家庭”或因为男人开明而让权给女性的。更没有因为女性明确的女权主义精神而不得不使男性让出权力的家庭和构成。在大多“女人当家”的家庭里——比如大笔的存款是女人掌管还是男人管；盖房子是盖成这样还是那样儿；对老人的赡养应该尽孝还是“马虎”或“拉倒”。在这些看似烦琐的家碎零杂和繁务上，谁当家正体现着在一个家庭里女人的地位和权力，也体现着整个社会面对女性的文明和自由。

扩展一下说，在中国几乎所有的家庭中，包括现代的都市家庭和婚姻，男女离婚之后女性都以各种方式争取过她的权利和利益。但最终，多是世界之男权为上天所赐的观念占了上位去。而少数在家庭中如我四婶样握有“家庭重权”的人，也多是因为男性“窝弱”而成就她们的。正是因为这，在乡村才会流传着女儿出嫁前，有母亲会面授秘籍，要女儿在洞房不能对男人过度开放、热情并满足他的性需求。要让男人“欠着”和求着女人们，这样一辈子男人就会听从女人的话，女性才会在家庭里有着权力和地位。如此的“以身子换权力”“以性要权”的家庭和传闻，事实上和“女人非人”的观念如出一辙并同根。正是从这个角度去理解，我虽然对四叔在家庭中的地位问题充满“同情心”，但对我四婶的那种在家庭和村落社会中“女人也是人”“首先是人其次才是女人”的朦胧思想充满着微笑和敬意。

所以说，我把赞美如花一样献给我四婶，她是中国乡村最朦胧、优秀的女权主义实践者，决不是一场儿戏和游戏的角色和人物。

三婶

三婶是我们那儿——也许是许多北方地区的最后一位“神祇”了。她的离去至少是我们村、我们镇，乃至我们县“巫文化”的最后一尾亮光之消失。无论是作为人还是女人的人，三婶都是最独特的一味存在和滋味，仿佛乡村土地上古老异样的树或人人都听说却不一定人人见过的带着浓重历史和传统异味的花。

三婶的别致与惊人，不仅是乡村至今还有的婴儿夜哭时，她指导你到村头十字路口的某棵大树或路灯线杆上，半夜去贴一张黄表纸，上边用黑墨写着这样两行字：“天灵灵，地灵灵，我家有个夜哭郎。过路君子读一遍，一觉睡到大天光。”还是你家孩子高烧不退，乡镇医生向疾病缴械时，她让你夜里零点抱着孩子朝着正北或正西的某个寒冷方向走，风大迎风吹，水冷蹚河过（颇像西方儿童发烧的冰敷疗），之后走至某个时辰里，碰到某座房子绕不开的山墙后，那时你再抱着孩子掉头拐回来，然后你家孩子高烧就退了，醒转过来了，辅以药疗病就果真好了呢。

为什么会这样？

因为我三婶是“通灵神化”啊！

然而除了这，三婶真正让我惊异的，是我少年时屡次见到，并在中年再次见证的她对一种“精神病”的应对和疗救。比如谁家孱弱的女儿突然有了忧郁症，或者某种特殊的精神病，再或为乡村俗称为“羊角风”的癫痫病，他们倒地不起，白沫满嘴地把上下牙齿错得吟天唱地地响。这时候，病人就出现在了我的三婶家。三婶这时就用一个白色的盘，盘上放三根红筷子，将筷子的四方那一端，放在盘子中心上，然后她跪在病人一侧烧着香，对那三根筷子喃喃地说：“是某某某了你就站起来，不是某某某了你就不要动。”这儿说的某某某，是村里哪儿刚刚死去的一个人名儿。张三或李四，王五或赵六，先念着那死去的人名筷子并不动，然待念到第四或者第五位——某个新死或旧逝的人——那三根红筷子，就缓缓移动，徐徐起身，神奇地直立在了那个盘子正中央。

然后哪，天惊地异，山脉哑然，围观的人就森森木呆了。而那有病孱弱的人，便念念有词地在我三婶面前有问有答了。而这时，我三婶面前的人，不再是那个病患者，而是了哪位死过的人——同村人或者邻村人。她问人家你是天冷没有衣服吗？或者是今年粮食歉收不够吃？再或者，是房子漏雨需要修补或者上街赶集身上没有钱花了？

到这儿，那死过的人，就借由患者的口，说出了他（她）的需求和困境。我三婶就答应死者说："你走吧，你需要的我都知道了，不出当日或两日，也就把你的困难解决了。"

那红筷子就哗的一下倒落了。

而那孱弱有病的，慢慢地恢复常正，从地上缓缓坐起，望着周围所有的人："我怎么在这儿呀，刚才睡着和做了梦一样。"

一场"鬼附体"的惊人游戏也就这样结束了。如鲁迅称此为"把戏""魔术"的东西就这样一次次地留在我的记忆里。这件事的意义不在于"鬼附体"的游戏或把戏，而在三婶是给我较早而深刻的文学启示的人。她让我相信文学中谎言成真是要有证据的。把不可能转化为可能才是文学和才华；而把可能移植为可能是文学，但不是天赋和才华。"鬼附体"的事情真伪不重要，重要的是三婶把三根筷子直立起来了，它成了"鬼附体"这谎言、游戏的真实证据了，让观者相信游戏不是游戏而是最最真切的"实在"了。

之后上世纪的九十年代末，我还又一次目睹了三婶直立筷子、治病救人的事。再之后，到了二十一世纪，我想我要写出更不一样的小说就必须破解那筷子直立的事，便提了礼品去看三婶。那时候，她躺在病床上，我坐在她家冬日的火炉边，一句一句和她说了很多绕着弯儿的话。我说三婶呀，你浑身无力，又经常心绞痛，医院不能治，你能自己给自己治治吗？三婶说："不能。"我问为什么？三婶说上天要让我走了我能不走吗？然后我就问三婶，你为什么能把筷子直立在盘子里，三婶默了一会儿伸出胳膊拉着我的手，说三婶对不起你了科娃儿（小时候，我的母亲和长辈们，都不叫我“连科”而叫我“科娃儿”），然后三婶停顿一会儿，说了一番语出惊人的话。

三婶说：“科娃儿，你是男的，你要是女的三婶就告诉你那筷子怎么能直立在光溜溜的盘子上。”

“为啥呢？”我追着三婶问。

“因为女人才是神，男人都是凡人啊。”三婶慢慢地、很用力地对我说，自开天辟地女人就是这世界的主人哪。是女人生了人，创造了繁华大世界。可女人生了人，立下这个世界后，男人被蛇魔、猴魔、虎魔幻化了，夺了女人的神位、皇位而让女人和神隔开了。男人们有力、有钱、有势（权）后，从此就开始统治世界，暴虐、敌视这世上的女人了。那三根红筷子，是女人留在世上唯一可以通过冥界和神联系的一条路。所以有事了，只要冥界有人过来她就能把那筷子竖起来。常人以为那是三根竖起来的红筷子，其实那是女人通过冥界去往神那儿的桥和路。三婶说，她每次从那桥上、路上走过去，去和神们见面都说很多话，也顺便给那死过的人解决一些吃穿房子的事。说着三婶一直拉着我的手，又说了对不起我的话，说她真的不能把那三根筷子竖起来的秘密告诉我，说告诉我了男人就堵死了女人这唯一通向神的路。

二十世纪末，冬天我们村家家都还烤着劈柴和炭火。现在家家多都烤电炉和烟筒蜂窝煤。那时我三婶家的瓦屋里，依然是劈柴燃火的噼剥声。三叔在那专心地拨弄着火，三婶在用力专心地给我说着人间、神间的事。而我在听着这些时，并没有觉得可笑、想笑并有滑稽感。我在专心听着想着待我三婶说完了，我该更深入地问她一些啥。比如问她神的事，问她神、人和宇宙间的事。

“这么说，只要那筷子竖起来，你就能见到真的神？”

三婶朝我点了一下头。

“每次见神你都和神说些什么呢？”

“我告男人的状。”犹豫着说了这一句，三婶看看我三叔，对男人们失望似的松开我的手，望着屋里的棚顶和灯光，又淡淡接着道：“世界都让你们男人弄坏了。有威势的欺负小弱的，可那些有威势的都是男人们；大街上都卖假货挣恶钱，可那做假货生意的，也都是贪财好利的男人们。你别看拐卖妇女儿童的人里女人多，可那后边的老板都是男人们。都是男人们指派女人去干的。世上的恶，都是男人做下的，女人去做都是男人让她去做的。”

说到这儿三婶绝望似的不再说话了。似乎因为思考累了想要休息了。我想进一步和三婶探讨“男人是万恶之源”这民间最少见、也最独有的话题和思考，可这时，三婶真的累了睡着了。一场独到、深刻的关于“两性”的民间对话也就这样结束了。关于神、人、宇宙、未知的大门被她的瞌睡关上了。我不无遗憾地从三婶家里走出来，三叔到院落门外去送我。站在门外我又问起三婶说的那些话，三叔却给我说了另外一件事：“你没见你三婶凡是竖起筷子叫的死了的人，从来都是男人、不是女人吗？”三叔对我解释说，因为三婶认为世上的男人远比女人坏，贪吃、贪住、贪色、贪钱花，所以死了有点困难就要“鬼附体”，借身回来要这要那的。三叔说，男人“鬼附体”多还都附在人家姑娘身子上，这也是男人贪色才要这样的。三叔给我解释了这个“男人果然是万恶之源”后，他家的孩子唤他回家了，我便别辞了三叔走去了。

未知在前面，但神和宇宙不知在哪儿。人活在这么小的一个尘球上，是多么孤冷寒瑟哦。未来是神还是宇宙来主宰人的未知呢？我该和谁去探讨未来、未知这些玄妙和古奥？文学与艺术到底是靠神还是靠人才能完成呢？如此这些的大门在我面前悄然关上了。从三婶那儿得到的“男人是世界的万恶之源”的结论和思考，让我重新去思索我这个男性写作的人生观与价值观。为了进一步厘清这些事绪和思绪，想下次来看三婶时，我应该和我姐或嫂子一块来，因为她们都是女人、女性和这男权世界的乡村受害者，也许三婶可以把那筷子悄然直立的秘密告诉我姐或我嫂，这样我姐、我嫂们，就也可能通过那只有女人才可以拥有的唯一的通向神的路，到神那儿不仅去告男人的状，还可以顺便代我问问未来、未知、艺术及人类宇宙间的事。也顺便问问每次三婶都去告了世上哪些男人的什么状。

可之后，我把这么重要的事情疏忽了。我没有让我姐和我嫂子去问我三婶那通往神的路的机巧和机密。如此在几年前的又一个春夏交接时，我三婶彻底去往神的那边了，把她和神连通的机密也带走了。

只把“男人是万恶之源”这样一个决然、冷酷的重大疑问和结论，山脉样地突兀直立在了我面前，把我手里写作的笔，压碎得像一本书掉在了碎纸机里样。

第 五 章

母 亲

语 言 和 思 维

把我母亲单列出一章写，是因为她是我母亲。

小时候，觉得母亲语言罕寡，句句真理；中年后，觉得她说话更少，重在木讷了。到现在，我又觉得母亲口才甚好，自立逻辑，并且表达任何物事和理道，都有自成一派的言说风格和思维方式存在着。

原来所谓的人生，其实也是一种语言与过程。我母亲要形容什么东西大，她用她的语言说："大得和世界样。"要形容什么小，她说："小得和人心样。"要说人的个子长高了，她说："头发都扎到天上了。"要说谁的脾气坏，她说："猪狗见了那人都不敢哼哼呢。"

十五年前，医院诊断我母亲肺上有阴影，我和妻子及嫂子，带着她在北京的三家医院轮流检查和住院，最后有两家医院说那阴影也许不是瘤，而是年轻时有过自愈的结核症。于是我们拿着那结果诊断书，冲进母亲的病房告诉她，医院先前的检查是误诊。现在一切都好了。皆大欢喜了。母亲就接过她一字不识的诊断书，看了半天很慎重地问了一句话。

“真的是误诊？”

“真的是误诊。”

“是误诊医院就该把检查的费用还我们。是他们弄错了，还让我们担惊受怕一个月。照理说，他们错了退钱还应该再给我们一笔精神赔偿费。”

母亲的逻辑合理到宛若天空扣在大地上。为了庆贺母亲不是瘤，我们放弃了向医院索还住院费和精神赔偿费。头天办理了出院手续后，第二天中午一点的飞机我们赶往三亚去旅游。这是母亲平生第一次坐飞机，我让她坐在窗边上。飞机升到天空后，她望着窗外的絮絮白云说，有一年她种的棉花比这白云还要白。然后飞机遇到气流猛烈颠荡了，我吓得赶快去扶母亲，母亲却很平静地说：“没事儿，坐汽车也经常遇到不好的路。”谈完白云、棉花和道路，飞机上开始吃盒饭。我对母亲说：“这盒饭不要钱，是飞机上发的免费餐。”母亲就望着那盒饭，想了大半天：“世界上哪有不要钱的饭，会不会是人家把机票卖得贵一些，回头又说坐了飞机能吃免费饭——其实到最后，还是自己花钱买饭让人家挣了钱。”母亲说着看着我，像要从我脸上得到求证样。于是我认真想了一会儿，极其庄重地朝母亲点头道：“有可能。真的有可能。”

我们就这样坐在飞机上，一路说着话，一路推算着人生和世界的各种陷阱与生存方程式。然后三亚就到了，飞机降落了。

我们住在三亚海边的一个武警招待所，一入住趁着天还不黑去看海。母亲是第一次见到海。但她说她在几岁时，听说过世界上有个东西叫大海。还说她知道，海比陆地大许多。因为世界的划分是“三山六水一分田”，所以海就一定比“三山”大多了。那时落日的余晖光亮着，招待所卧在海边的沙滩上，我和战友领着母亲一出招待所的门，她就惊得站在那儿了，脸上挂满惊愕和兴奋，呆在那里望着眼前的海，说了一句只有她的才华才能说出来的话：“天……水也太多了！”

然后我们扶着母亲穿过了一个花圃园，去坐到海边沙地上。她一把把抓着海岸上的沙，望着长长的海岸线：“这沙要是粮食，人就不愁没有吃的了。”盯着海面和天空中不知疲倦地飞着的海鸥道：“也够傻的了。没事你不歇着总是飞来飞去干啥呢？”到了晚饭时，战友专门为我们接风包了房间点了一桌菜，母亲望着满桌的炒菜和海鲜，把我拉到一边悄声问：“我们在这里住的吃的真的不要钱？”

我对母亲说：“战友能报销。”

之后母亲就站在包间里的一角上，简简单单说了一句让我思考了半生的话：“你战友比你混得好！”

接着黄昏走去夜来了。

三亚的夜和北方塬梁上的夜完全不一样。在北方的村落山梁上，夜是一团一团的，静月挂在天空间，每月一次圆得和神笔画的样，还能看见月亮上的墨晕和不慎浸染上去的洗笔水。但若在南方，在距赤道三千公里的三亚秋夜里，月亮有时会是夏阳色，金黄金红着，悬在天空像天空有团散发着寒气的火。从我们住的房间露台望出去，天空是刚从织机上卸下来的绸白色。在那绸白中，若能找到一点污杂你会觉得你在天空有重大发现了。若没有一丝污杂色，你又会觉得这天空何等寡淡哦，连一丝污染都没有。好在有大海。大海的夜响把天空的寡淡填补了。在金色冷红的月光下，海面上荡漾着来自天边、去自岸边的波浪与海纹，水涛哗哗的声响砸在窗玻上，像有人在窗外拍着玻璃呼唤你，又怕唤声、拍声把他人吵醒了，于是就压着嗓子急急地唤，隐忍地一下一下拍在窗户上。

我被月光和海声吵醒了。

扭头朝母亲的床上看一眼，见月光中那床不仅是空的，而且毛毯也还原封叠在床头上。再把目光朝向厕所望过去，厕所里的暗黑立在那，像一堵黑墙立在明亮里。母亲去哪儿了？我这样问着我，忽地有一个大浪扑在岸上卷走了人和房子的画面朝我撞过来。惊一下，从床上折起身，没有穿戴就朝门口跑过去。下楼过大厅，打开迎着海面的楼房门，急脚快步地从那片花圃飞过去，一到沙滩上，果不其然看到了母亲坐在海面前，目视大水，背对夜陆，一动不动地望着海面上金黄粼粼的月光和卷来退去的潮，人像塑在了沙地或是溶在了月光里。

我的脚步放缓了。朝着母亲过去后，悄悄静静坐在她身边："你不怕浪子上来把你卷走吗？"

我轻声问着，母亲扭过头看我一会儿，她又甚思甚虑着那句话：“这儿咋有这么多的水。”然后把目光回到海面上，盯着升至空中的红月亮，盯着无边无际、又茫茫迷迷粉蓝色的海和卷来退去的银白色的水，犹豫着深重、也慎重地对我说出了她的不解和思考。“连科，你说世上真的有神吗？没有神世上怎么会有白天和黑夜、日头和月亮、大海和高山？可你说有神了，神咋会这么不公呢？让这儿的水多得用不完，让我们那儿吃水、浇地都困难。还有这儿的树，叶子肥厚成黑颜色，花开得和假的一样儿。可北方——我去过陕西的西安、临潼那地方，农民没有房子都住窑洞。庄稼草木盼着一点雨，像娃儿盼着亲娘回家样。”母亲说，“既然神总是对人好，那为啥不当初创世时，让缺水的地方多点水，山高的地方多条路。住在水边天天泡在雨里、水里的人，也让他们少些水灾和大风。何苦到现在，弄得天下哪儿缺的这儿又太多，哪儿多的这儿又太缺。”

说完后，母亲坐在那深邃静亮的大海边，望着寂寥茫茫的世界和天空，等着我的解答如等着大海水干样。可是我，怎么能回答母亲这关于人类起源与世界盈缺、公正的问题呢？母亲她不仅懂得语言学，可能还是一位同苏格拉底一样敢于面对真相的思想家和哲学家，而我只是她的一个愚笨、懦弱而无知的学生和孩子呀！

识字与远行

谁说我母亲目不识丁他就目不识丁了。

我母亲有文化。相当有文化。即便我们总把文化的含义狭隘固定在了识字多少、读书多少的基准上，母亲认识的字数和识字的能力也还要用惊人一词去形容。

她到底能认多少字？

统计是件愚蠢的事。而另外的说法在统计学的基础上，却又显得科学而精准，如希腊神话中风神艾尔洛斯吹了一股风，让风去丈量一下他即将下凡要走多远的路。风回了，他就知道天与地间的路道距离了。应该这样去描述我母亲：生活需要她认识多少字，她就能认下多少字。这个说法是我二姐对我母亲的总结和概括，精确得如天旱需要下场雨，天就果然下了一场雨。

早年队里记工分，几乎没有人教过我母亲，她就学会了阿拉伯数字从“1”到“10”的写法和记法。于是间，我家院里的上屋门墩儿上，总是扔着半截白粉笔，泥墙的半壁都是我母亲记的各种数字和画的圆圈、三角和五角星。那些数字多是我家一季一年记下来的工分数和分粮数；三角或五角星，代表的都是那年秋季或夏季粮食是丰年或者歉收年。

当然了，如果画四角方框儿，那就是那年无所谓丰收还是歉收了，日子正常得和树木一到三月发芽样。

一九七八年底，我当兵走掉了，到一九七九年初，我母亲就会写“周灵仙”这三个古老而又寄寓着人类民间厚望的字了。问她为什么要学写自己的名，她说我从一九七九年一月，开始从部队往家寄钱了。她去邮局取钱就必须要在汇款单上签自己的名，邮局的工作人员就把她的名字写在一张白纸上，让她照着那字描着画在汇款单的签字栏目里，她描画了两次就会写下自己的名字了。不仅能认、会写自己的名，而且还能认（不知她会不会写）“嵩县”“田湖”“阎连科”“闫发科”（我哥），和我大姐、二姐的名字“闫素景”“闫素粉”。母亲说，她每次去洛阳，从长途汽车站回我老家嵩县田湖时，都要问人去嵩县的长途汽车在哪儿。有一次，她问了一个戴眼镜的中年人，那中年人没有回答她，而是瞅了她一眼，朝天上看看就走了。后来她知道，去嵩县的汽车就在她的身边上，而她问话那地方的正头顶，汽车顶盖半空里，也正有筛大的“嵩县”两个红字竖在天空间。于是母亲不再怨怪那中年的不理不言了，下决心要认识“嵩县”“田湖”和她的四个儿女，及其他侄男甥女的名字了，就让和她同住的我的外甥女圆圆每天教她一个字，也就很快认识了我们的名字和我家的地名、村名了。

除此外，母亲还认识“男”“女”“洛阳”“河南”“中国”等。认识“男”和“女”，是为了离开家和村庄时，去厕所不要走进男厕所，于是就努力认识了“男”字和“女”字，知道了男字的下面“有一条腿是拐着的”，女字的下面“有两条腿是交叉分着的”。至于她为什么要认识“洛阳”“河南”“中国”这些更为悠久庞大的字，我想那其中一定有岳母刺字写下的“精忠报国”的意味在其中，于是又有一次问她为什么要认识“河南”“中国”这样的字，母亲却笑笑告诉我，说因为她到洛阳必须认识“嵩县”“田湖”才能回到家，那么有一天，我不仅带她去北京、广州和深圳，而且还带她去香港、台湾、日本和别的地方和国家，那她不就应该早点认识“河南”“中国”这些字？

原来母亲还等着我带她到更远更远的地方去。甚至出国到日本、韩国、新加坡，再或更远、更远的美国、英国或法国。可惜我孝道不够，除了二年前把她和大姐、二姐带到香港，用轮椅推着她在香港走游了一周外，再没有带着她朝香港以外更远的地方和国家去。只是我每次出国时，无论到哪个国家里，都会依她所说拍很多照片带回到那个叫田湖村的小院里，搬个凳子和母亲坐在一块儿，给她看日本国的东京塔，蒙古国的大草原，法国的卢浮宫和伦敦的大英博物馆，还有美国的自由女神像和直立在巴西里约热内卢国家森林公园中科科瓦多山顶上相当于十五六层楼高的耶稣像。这时候，也许是春天，也许是夏天，天空上白云片片，四周静谧，我家院落的杨树上，鸟语吟吟，现实温润，我的母亲就会告诉我：“世界真大啊，我去过香港了，活得值了呢。”

时至此，我的姐姐、哥嫂们回来了。邻居村人也来了。他们总是会让我带回来一些有我签名的书，自己看，也当作比烟酒好的礼品送给他们的同事和领导。这时候，我把带回去的书分给大家时，母亲会接过其中最厚的一本在手里掂掂重量道：“我老了，不能识字了。你写那么多书我认不下来一句话。早知道你这辈子是干写书这事儿，我就该在年轻时候多认一些字，也好知道你在书里都写了一些啥。”

说着母亲眼角有了泪，哥和姐们就在边上笑着不说话。而邻居和我的叔伯兄弟媳妇们，就大声、大声地嘲笑她：“你不识字都走遍天下了，你要再识字，你不还真的成仙跑到天空、宇宙了。”

聊言之八

自赵树理的《小二黑结婚》成功成为中国文学的政治艺术的经典后，“山药蛋”的味道便带着舞台之粉香，在中国大地上席卷了村寨和街道。而三仙姑这一被赋予绝对的“恶行丑意”的人物，就成了中国婚姻文化中的梅毒了。但若公正去分析，如果婚姻这一人类繁衍、生存、性需乃或说爱的环链中，没有媒人之存在，人类又怎样可以延展、推进和运行？

可以说，媒人是中国婚姻文化制度最大的功臣和推行者。而当语言、艺术、诗剧成功地把“媒人”一词更换为“媒婆”时，媒人在婚姻文化中，必不可少的“组合”“调配”的意义就被消解了，剩下的就成了巧舌如簧、虚与委蛇、唯利是图的丑恶了。“媒婆”这一形象的传播，是一门深奥而经过精心设计的艺术传播学。它通过印刷和舞台等媒介，自古至今播撒、种植在人们的生活和内心。早先媒人的先驱是被称为“红娘”的，诗和舞台对这一形象充满着情人们在无奈之后的敬意和颂扬。如唐朝诗人王涣《惆怅十二首》中的“八蚕薄絮鸳鸯绮，半夜佳期并枕眠。钟动红娘唤归去，对人匀泪拾金钿”。宋时刘克庄的《满江红》里“又谁能、月下待红娘，传音息”。还有无名氏《浣溪沙》的“翦碎红娘舞旧衣，汉宫妆粉满琼枝”。凡此诸种，对红娘多是忧伤与美敬的赞颂词，尤其到了《西厢记》的红娘崔莺莺，人物不仅成为情人与婚姻场中的最主角，而且形象之正面，可谓婚爱悲歌中的英雄拯救者。亦如江山分裂时的岳飞和辛弃疾。甚至到了后来的舞台上，将《西厢记》的剧名就直接更换为响亮直切的《红娘》了。《红娘》使这一“媒人”的女性形象，得到了最充分的肯定和弘扬。但到延安文学后，自有了《小二黑结婚》始，“媒人”成了“媒婆”的最大转折点，其对“红娘媒意”的敬意被彻底解构了，剩下的就是对“媒婆”的挖苦、嘲弄和讽刺。对“媒婆”这一恶形的人物之追溯，可以跟撵到《水浒传》第二十一回“虔婆醉打唐牛儿　宋江怒杀阎婆惜”中的阎婆惜和第二十四回“王婆贪贿说风情　郓哥不忿闹茶肆”，直至第二十七回“母夜叉孟州道卖人肉　武都头十字坡遇张青”。而今天，被许多研究者推为圣典的《金瓶梅》，其对王婆的精雕细刻，可以说是这一“媒人”形至“媒婆”的最大、最成功的转移与形塑。而《小二黑结婚》中媒婆的出现，只不过是“王婆”在另一个时代的再生和回忆。然其三仙姑这一形象，借其革命与政治的席卷之力量，对其社会和人心之影响，却远大于王婆、阎婆惜之于《金瓶梅》和《水浒传》。倘若谁能将《西厢记》《水浒传》《金瓶梅》直至《小二黑结婚》中，这一“红娘”“媒人”“媒婆”的形象的转移、转变至文学、艺术、历史与政治相融相合的折叠中去研究和挖掘，发现的一定不仅是人物形象的转移和变化，还会有历史与现实的合谋与策动。将时间推到元代去，王实甫在《西厢记》中有着充分的对女性的尊重与歌颂，并对爱情之殇有更深层的历史思考和批判，但到了《水浒传》，这种思考和尊重被决然、绝对、坚定的男权粉碎了。如果从《金瓶梅》今天大热的研究看，是因为研究者看到了人——尤其是女性对身体与自由的追求时，那么《小二黑结婚》却在张扬自由的过程中，以光明、正确取代了人对自由的最根本的文学追求和思考，并且成功地放弃了《西厢记》中对女性由衷而细腻的描绘和敬重，更清晰、直接地写了在阶级中人的“非黑即白”的二元对立性，尤其是女性——小芹的“媒婆”三仙姑。

世界上最易接受并普及的观念是二元对立的非黑即白性，而不是人与世界的三元性与多元性，这一点在中国尤为突出和简单。就像“不革命就是反革命”的道理样。于是，《小二黑结婚》借助革命的波澜被推向了超越了文学而进至阶级和革命的棋盘内，完成的不仅是婚姻自由和将从“媒人”到“媒婆”的艺术之过渡，还有对红娘这一“仁爱”和“女性至尊”的传统之掩埋。从而到今天，媒人或媒婆，虽然在现实中，这多为女性承担的角色一直没有缺席与退场，但对“词语”“角色”中的笑与讽刺之意义，却从来没有减弱和减去。

而今天，“婚姻介绍人”这一“媒介”词汇的出现，不仅标志着对婚姻这一人类无法摆脱的形式和秩序的尊重与理解，还有三层角色转移的意义是：一、“红娘”“媒人”“媒婆”多为女性，而“介绍人”却一定包含着女性和男性；二、介绍人中不再简单仅有歌颂与批判的黑与白，而是更准确地指向两性婚姻之初的搭桥人；三、它有了现代社会的开放的意义在其中。所以说，在社会角色的词汇中，“红娘”“媒人”“媒婆”“介绍人”，这一词汇的变化与更替，也正是千百年来中国对女性的态度、观念、立场最清晰、诗意之河流。当我们能够看到这一词语河流的变迁流淌时，我们就不难看见女性在文学、艺术与历史、现实中的存在沉浮了。

媒人

在母亲一生的诸多人生角色中，有一个被忽略的角色是“媒人”。

媒人这一社会角色在我们中原的土地上，是被羡慕和敬重的，因为她（他）开明讲理、穿戴齐整，说话做事干净而利落。在乡村，媒人不是一种职业，但却是一种社会的道德角色。媒人为了钱财是不能长久下去的，她们的目的必须是“一手托两家，对别人过一辈子负责任”。于是，做媒人的人，必须要熟悉男女双方的社会地位、家庭人口、住房收入、为人秉性和邻里关系等诸多因素，以此来平衡、预测一对青年男女从陌生到相熟，再到结婚生子、白头偕老的可能性。我不知道我母亲在我们村和诸多邻村中第一次作为媒人介绍成功的第一对夫妻是何人，但自我记事起，村里有人结婚了，在敲锣打鼓的热闹里，母亲就经常以媒人之身份，出现在那支充满喜庆的队伍里。她与那队伍穿新戴花的不同是，虽然也穿着洗涤干净的衣服去搀扶新娘子，但她的腰间是要系一根红绸垂下的，这标志着她是这对新婚夫妇的婚姻介绍人——媒人。

同村的、邻村的，同街的、临街的，生老病死，婚丧嫁娶，是乡村社会生活最重要的一类开始与结束，也是乡村家庭和个人生活史中的季节和轮换。有人死去了，母亲要去替那逝者缝衣服。有人结婚了，她要被请去搀扶新娘子。如果这对新婚的媒人正好是我母亲，他们会在结婚后的哪一天，小夫妻红光满面，含羞带笑地到我们家拿些东西坐一坐——那些东西不是钱，而是苹果、核桃、花生或者正在季节中熟着的柿子或葡萄。拿来的东西母亲接着了。但人家走去时，母亲也必然要给人家一些东西带回去。而那带回的，也依然是花生、柿饼、核桃或者当季水果什么的。

这也就是做媒人的"收入"和礼尚往来了。所以说，当看了移植到河南来的《小二黑结婚》的豫剧后，我母亲的评价是："写戏的人都是胡咧咧！"当然着，《小二黑结婚》是一九四九年前的事，而我母亲开始做媒人，是一九四九年后的事。

时代不同了。

关于母亲媒人这一社会角色的起始与结束，我既不知道她是从什么时候开始的，也不知道是什么时候结束的。但我们村的许多人，尤其我们家房前屋后的邻居、亲戚和相熟者，似乎一说起婚姻来，都说是"二婶"（我母亲）介绍的。尤其我的叔伯兄弟和姐妹们，似乎人人都是我母亲帮他们介绍了媳妇、找到了婆家样。于是间，过得好的不好的，有事没事都到我们家里来。过得好的来时带了一片感激心。过得不好的，是来向母亲诉说她（他）的苦楚与衷肠，这时母亲就会对那哭诉的女子（或男人）说：“他（她）怎么会是这样一个人！”然后间，丢下饭碗，拉起那女子（丈夫），母亲就到她（他）的丈夫（妻子）家里去。

去时母亲一脸忧愁和愤怒，回来时，便一脸轻松自如了。

“怎么样？”

“说好了，答应好好过着了。”

到这儿，父亲和母亲有了这一问和一答，我就知道又有一个家庭松动的螺丝钉，被我母亲拧紧在他们的日子里边了。而今天，人们视城市社会的离婚率，为一个社会文明程度的高低之尺度。似乎是离婚率越高，社会文明也越高，但在乡村仍然还认为离婚是件糟糕的事。因此在婚姻这一环节上，我无法评论母亲是一个进步者还是一个保守者。然而有一点，乡村社会的稳定和延续，母亲也是有着贡献的。如果谁有情趣、钱财做一个中国乡村婚姻博物馆，那么我们村的那个小馆里，我母亲应该会在展馆中占有一席之位置。尤其我大伯家六男二女八个孩子婚姻上的事，几乎人人都和母亲分不开。在这一个婚姻链条中，母亲有时是红娘，有时是媒人，有时就是媒婆三仙姑的那一丑角了。

大娘总是唱戏、唱戏和唱戏，似乎把孩子送到这个世界上，并把他们养大到会说话和能走路，她的使命已经完成了。剩下的，给孩子们成家立业就是我大伯的事业了。于是有一天，大伯忽然到我家，对我父亲和母亲说，孩子都大了，必须要盖房子为他们讨媳妇做结婚准备了。如此盖房子的艰辛由我大伯担起来，讨媳妇的重任就落在了我母亲的肩膀上。

一年后，大伯家的三间瓦房挺立在了时代的七十年代初，像那个时代寸草不生的不毛之地上，盛开着一朵刺目鲜艳的花。但那花的棵茎、根须却又没有那么多的养分、水分着。碧绿小瓦的整齐和美观，让那个年代所有的路人都要驻足扭头去慕望，而那空荡浩大的屋子里，除了墙上贴着一张家家都有的毛主席的像，却连一张像样的凳子都没有。我曾在一天中午看到大伯端着饭碗又到我们家，在初夏盛绿的院落里，和我父母有了至今让我都难忘的对话和讨论。

“房子盖起来了，”大伯对我母亲说，“孩子找对象的事儿该由你管了。”

我母亲朝我大伯很郑重地点了头，承诺了对她侄儿们的婚姻与人生。然后他们在那儿坐着吃了饭，还说了许多别的话。待我大伯走了后，我母亲对我父亲说：“他们家屋里啥儿都没有。”父亲道：“想想办法嘛。”“有啥儿办法呢？”母亲问。父亲又笑笑：“女的来看时就借点家具摆进去。”

然后母亲就盯着父亲说：“这不是坑骗人家姑娘嘛。”

父亲也为此郑重起来了：“这可是为了自己侄子啊。”

“为自己侄子”五个字，让母亲丢下原则，决计要让自己的“媒人”变成“媒婆”了。那天那时候，母亲再无别的话。之后第二天，她离开村子到了别的村落去。第三天，又到另外村落里。终于到了第四还是第五天，母亲回来宣布说，卸甲沟村的一个叫“莲”的姑娘同意和我大伯家的老大处对象，明天就要到大伯家里看一看。于是惊天动地的一日到来了。待这天如往日一样过去后，来日又如往日一样到来时，太阳不知是原来那一个，还是换了一天又是一轮新太阳。村落明明还是那个村，但我固执地认为我们村是新的村落了。秋天的阳光中，含着凉意也含着温暖味。从村外扑入村街、庭院将熟玉米的青稞气和熟秋味，混合调配出一股清新和甜味，像空气中弥漫着一股糖精水的扎甜样。

太阳起升了。

我们行动起来了。

母亲是这次情婚骗局的总指挥。一切都在母亲的掌控和计划中。一切都像那时乡村人也了如指掌的《孙子兵法》中“知己知彼，百战不殆”样。母亲让二姐到大伯家帮助大娘和叔伯妹妹们擦擦和抹抹，大伯家就被女性和扫帚和水和抹布，收拾得尘灰不染，使黄土泥地也发着光。大家把我家的桌子、椅子和长条凳，统统搬去摆在大伯家。大伯家那三间瓦屋该有家具就有了家具了。该有椅子处就有了红漆靠背椅子了。借来的水瓶和茶盘，展品一样摆在条案桌端头。谁家新的洗脸盆和脸盆架，带着使命旅行到了大伯家的正屋一角上。通向里屋的门帘也有了。床上原来的被褥也成新被新褥了。正墙尘灰一层的毛主席像，也被换成了马、恩、列、斯、毛的五大领袖的簇新挂像了。

世界成了新世界。

我那准备迎接情人的哥哥也成新人了。他穿一身新的制服在院里笑着、不安着。那衣服虽然也是暂时借来的，然而不大不小，就像是专门给他备的样。

时间很快在一街人的期待中，戏剧一样更换着光色和空间。到了近向午饭的十一点多，叔伯哥的情人从村头西路出现了。她在我母亲的引带下，进入我们半村人的视野时，我们都看到她一身的干练和利落。有人在唤着“来了！来了！”起哄着，还拦在路上看着她，大叫着“新媳妇，新媳妇！”可出人意料的是，我这未来的嫂子竟然立在众人前，临危不惧地大声唤：“看啥看？有啥好看呢？！”

我们被她镇住了。半村人都被她的呵斥给镇得哑然了。都意识到了她是一个狠角色，不得不后退半步在我母亲的笑意下，让开路由她跟着母亲朝我大伯家里去。

这就是母亲作为媒婆做下的一桩坑骗女性的事。新瓦房，满屋的家具和整洁，还有个个慈祥并伟大的马、恩、列、斯、毛的欢迎和祝福，加之我叔伯哥哥的白净和帅气，一桩由媒婆左右的婚姻在将错就错的轨道上，开足马力奔驰着。我不知道我叔伯哥和他的情人单独相处时说了一些啥，但是我知道，他的情人不仅满意这桩婚姻的事，而且在我母亲、大娘要和她讨论送什么衣服、多少彩礼时，我这位未来的嫂子出人意料地说，什么衣服、彩礼都不重要，重要的是她家要盖新房为她哥哥讨媳妇，因为住地偏远，匠人、帮手都不够，等到盖房时，希望我们闫家多去些匠人和帮手。

一场充满骗局和戏剧性的相亲大戏降下帷幕了。

我大伯家的老大、老三那都是盖房子的上好泥瓦匠。于是在老大订婚后的不几日，一家人全员出动、草木皆兵地都到女方家里帮着她家盖房子。待她家里房子盖将起来了，她的哥哥为她娶了嫂子后，她也很快嫁到了我大伯家里成了我们的“莲嫂子”。

“莲嫂子”和我叔伯哥结婚是在下一年的仲春里。结完婚的第二天，她就和我的新郎哥哥去到我们家，看望我的父亲和母亲。那时候，没有人料到我母亲要把她媒婆的身份那么快地转入媒人和红娘的角色里，她竟然迫不及待地拉着我“莲嫂子”的手，说现在你们结婚了，是人间很好很好的一对夫妻了，生米也成熟饭了，但有桩事情我必须告诉你。于是母亲就对莲嫂说，我大伯家没有她说的那么殷实和富足，她来相亲时，看到的家具和摆设，都是借的摆在那儿的。说一定请莲嫂谅解原谅她。然而更为戏剧性的事情是，我母亲在新娘子面前检讨她的媒婆行为时，我莲嫂脸上不仅没有丝毫的抱怨和受骗感，而且还大声爽朗地笑着问我母亲道：“不都这样吗？我那次一进门，就看出那些家具和摆设，都是借的都是别人家里的，谁家能有那么富裕、要啥有啥啊。那么富裕人家为啥要娶我为妻呢？”说着她又收起笑，用很奇怪的目光望着我母亲问：“二婶呀，你第一次去我们家里时，我们家的许多摆设都是邻居家里的，你真的没看出来那些都是借的吗？”

她又咯咯咯地笑起来：“我们那儿相对象时，无论是男相女还是女相男，家具、摆设、穿戴都是借，难道你们这儿不是吗？”

媒婆和媒人的角色就这样被历史混淆了，如一盆水和一桶乳，被时代豁然倒在一起水乳交融了。原来在许多的时代节点上，瞒和骗是一种神话和美好，一如历史中许多灾难成就了许多人类的英雄样。

母亲和她的叔叔及父亲

如果单纯地认为母亲是伟大、率真而达观的人，那我就错了。母亲就不是我的母亲而是别人的母亲了。除了达观和率真，我必须要说母亲还是个质朴、短视，并且挚爱抱怨的人。鲁迅不懈批判的祥林嫂、华大妈和“沉睡在铁屋子里的人”，也多少有些如同我母亲这样的人。

母亲十七岁就从距我家几里的瑶店（村）嫁到我家了。因为她不到一岁就没有母亲着。因为她的父亲再婚有了新的一家人，母亲不得不自小就跟着她的傻子叔叔成长过日子。母亲几岁就开始做饭、洗衣服，而她的傻子叔叔，恰好只会种地和吃饭，其余什么都不会，连把饭煮熟都是一桩难事情。于是间，母亲始于两三岁，就和她的傻子叔叔过成了“一家人”。

然而母亲十六时，她的傻子叔叔被村里伐倒的一棵榆树砸中了，给她留下了一地鲜血和沉默，并还有十七岁不得不出嫁的命运和未知。从此后，母亲对命运的笃定之怀疑，也使我相信，人的一生之努力，都无法逃离命定的安排与圈定。如果不是那棵轰然倒下的树，我母亲的傻子叔叔会活多久？如果她的傻子叔叔又如常人一样地活至六十岁或者七十岁，那么我的母亲又会嫁到谁家成为哪一家的幸运或不幸？如果我母亲嫁到了别的村庄、别的人家和别的命运里，那么我和我的哥哥、姐姐又将在哪里？

一棵榆树的倒下，决定了我母亲的一生，也决定了我和哥哥、姐姐们的出生与命运。由此去推论，也只能认为世界是被偶然决定的。必然只是偶然中的一颗小而又小的螺丝钉。似乎自我记事起，四五岁或者六七岁，我母亲每天都在说："如果我的傻子叔叔活着该有多么好啊！"一如祥林嫂，见人就要问，"一个人死了之后，究竟有没有魂灵的？"见人就会说，"我真傻，单知道雪天是野兽在深山里没食吃，会到村里来；可我不知道春天也会有。"我就是在母亲祥林嫂一样的念叨和抱怨声中长大起来的。其所不同的地方是，祥林嫂的抱怨和念叨，是遭着她的环境冷遇的，似乎除了鲁迅外，别人都很烦厌祥林嫂没完没了的发问和说叨（我以为生活里的鲁迅也很烦），而我母亲，则在每次抱怨唠叨后，我的父亲和我的哥姐们，都会两眼含着泪。

是一家人的眼泪在温暖我母亲。

终于有一日，不知道父亲是怎样思忖的，他决定要把我们兄弟姐妹没见过的外公接到家里来，让母亲知道她的傻子叔叔虽然早就不在了，但她还有父亲在这个世界上，使她和所有出嫁的女性都一样，也是一个有着“娘家”的人。那时候，我已经长至八九岁，一日初春放学回到家，踏进院落门，就见有位白发、白须的瘦弱老人坐在院落里，黑棉袄、黑棉裤、黑布鞋，正吃着母亲给他煮的一碗雪白金黄的荷包蛋。而父亲、母亲在他面前都含着泪，可那泪眼之下却掩不住脸上那兴奋、激动的光。且那一身黑服老人的瘦脸上，也一样都是泪眼和暗红兴奋的光。

我怔在大门口，母亲和父亲让我过去叫“外爷”。我便知道我原来除了有已经不在人世的傻子外爷外，还有一个真正的外爷活在世界上。于是怯怯地上前叫了“外爷”后，外爷便把我一把揽在怀里边，有泪掉在他一碗荷包蛋的水碗里。

自此后，母亲和她二十几年少来少往的父亲重新来往了。

她有娘家了。

我和哥姐们，也重新有了外公、外婆和舅舅们。

也自此，母亲不再像祥林嫂那样见人就问“一个人死了之后，究竟有没有魂灵的”，见人就说“我真傻，单知道雪天是野兽在深山里没食吃，会到村里来；可我不知道春天也会有”。自此后，一遇每月逢五、逢十的集日里，我母亲就会在某个时点太阳起顶时，出门站在村头上，等着从乡下到镇上赶集的人流里，出现她的父亲、我的外公后，把他迎回家，为他先打几个荷包蛋，让他到街上转转看看赶集去，午时回来再给他单独下一碗细白纯粹的捞面条。

月月年年的，一持续就是近十年。近十年的逢五、逢十日，我外公都以赶集的名义来到他的女儿家。我母亲都以集日之名义，站在村头等着她父亲出现在从西山来赶集的人流里，显出父女相见的笑，用那笑和“我有父亲”的幸福把人生落寞的坑陷填起来。

母亲和外甥女

姐姐们出嫁了，哥哥在城里工作着，而我又当兵到了河南东部的商丘城。在“儿大必行，鸟大必飞”相当长的岁月内，母亲和多病的父亲相依为命在那个院落里，及那瓦屋和一成不变的我家大门口的夏风冬暖中。然而到了一九八四年，历史上没有太多异象值得载记的年份间，父亲却告别我们离开这个世界了。

这一年，成为了我们家的难日和母亲命运的又一个灾转点。它证明着母亲作为女性必然承受的孤单是与生俱来的，终生相伴的。父亲的离去，如同上天抽干了我们家每间屋子和每一角落的空气与流动，让母亲和我们，只要走进那方院落和屋子，都感到人生幻变、呼吸困难，虚无像世界上没有了水和空气样，到处都是桎梏和喘息。原来伦理的亲情之相伴，才使人之所以可以感受活着的愉悦与幸福。没有了亲情与温暖，也就没有了伦理的空气和水养。尤其在中国，伦理往往是唯一让人感到爱和值得活着的依据和根基。可是父亲走去了，与母亲相依为命的另外一半坍塌不在了。

安葬了父亲后，姐姐们不得不回到她们自己家里去。哥哥、嫂嫂不得不回到城里他们的工作单位里。那时候，冬日之黄昏，在宁静中扑进院落里，寂静如巨大而密不透风的黑布罩在天地间，罩在我家院落里，当我看到母亲在灶房孤独地为我烧饭时，我体会到了父亲停止呼吸那一刻，母亲扑到父亲身上哭唤的“天塌了！天塌了！”的意味和苦涩。于是我深知了哥嫂和姐姐们，离开家时商量着把大姐身边只有三岁的女儿圆圆送到母亲身边让她和母亲吃住的意义了。

孤独从来都是母亲最长久的伴，就像她的傻子叔叔下地后，她做好饭坐在村头等着叔叔走回来。可却因为叔叔傻，因为一块田地没锄完，直到日过平南，中饭过了一丈、几丈的时辰后，他还不肯息锄回到家。而母亲，就不得不坐在村头的石头上，无休止地望着田野、遥远和未知。一如母亲已经出嫁十余年，少有娘家人来看她和她说说话。然而忽一日，她的父亲和她抱头痛哭了，从此她每遇集日就立在村口等着她的父亲出现在赶集人的流群里。

而现在，我的父亲别她先走了，以后终日陪伴她的是一个懵懂无知、把咬手指头当成每日功课的小姑娘，就像她三岁开始陪伴她的傻子叔叔样。那一夜，北风啸起，寒冷异常，人能听到从地上被风卷起的柴草摔在墙上、树上疼痛的唤。父亲的遗像和他母亲的遗像并排竖在正屋条案上。而我和母亲及我三岁的外甥女，围着一盆冬火默默坐在里屋内。屋里暖，外间里冷，我们总觉得我们在里边烤着火，而把父亲丢在外边的寒冬是做错了一桩事，于是出去把父亲和我奶奶的遗像抱过来，放在里屋火盆近处的一张椅子上，像他和往日一样还和我们围火而坐着。

屋里静得只有火苗升到空中如绸一样的飘甩声。

还有的就是空气和我父亲的对话声。

外甥女坐在我怀里，母亲坐在我对面。这时候，我又想起有一年的除夕夜，父亲左手抱着他的孙女小方方，右手揽着比方方小了几个月的这个小圆圆，突然言不由衷地说了一句话："日子真好啊——不知道我还能这样抱着娃子们有多久。"现在他不能抱着他的孙女和外孙女烤火了。我接替了他的位置坐在火边上，抱着外甥女像抱着上帝给我们家的一份厚礼样，温暖、沉默，而又空虚和寂寥，也就这时候，外甥女突然过去把她外爷的遗像拿起来，抱在自己怀里边，说了两句只有她才说得来的话："睡了我和我外爷一块儿睡。"

我和母亲都扭头望着她。这时母亲终于说出了一句最为残酷的话："你的外爷不在了，他下狠心以后再也不和我们说话、不和我们坐在一起了。"

外甥女怔怔地望着她外婆的脸，不知是懂还是不懂地接着道："没事的，他不在了我抱住他的照片他就回来了。"

那一夜，因为外屋冷，父亲的遗像果然被母亲请到里屋内，请到她的床头用枕巾包着过了一整夜，直到第二天，太阳依旧暖暖地照进我家里，照在条案上，母亲才把父亲送回到条案上的日光下。

后来母亲孤单时，就用父亲的遗像去填补她的寂寥和孤单。再后来，外甥女看见她的外婆去盯着她外公的遗像痴怔时，就过去拉着她的手，说这个，说那个，把她外婆拉到一边去。

外甥女终是跟着她的外婆日日渐渐长大了，懂得相依为命的意义了。人如果没有相依为命的经验和感受，说成熟就如母亲的傻子叔叔在一块田地没有锄完便不肯回家吃饭样。如此我明白，于我和哥嫂、姐姐们，谈论孤独和相依为命的人生寒暖时，都是守着一篮一筐的苹果在抱怨水果的单调和乏味。于是又明白，三年后我家的邻居告诉我，她根本没有想到我的母亲是个运动员，是个长跑健将和耐力冠军获得者的意外了。说我外甥女，白天跟在外婆身后边，晚间抱着她外婆的臭脚丫子睡。到了一年级，她要上学走掉了，她们拉着手，一直从这个村口到那个村口再分开。因为小学来到眼前了，分手成了必然、必须的事。然而有一天，去接外甥女放学的外婆发现外甥女的头上有些热，似乎还烫手，就快步拉着她，回家想用井水毛巾冰在她的额门上。然而在母亲冰了那烫手的额门去烧饭后，出来发现外甥女倒在地上睡着了，冰敷的毛巾落在她身边，像朝着遥远伸去的手。于是母亲慌忙冲过去，把手抚在外甥女的额门上。

她额门上的滚烫像电流一样将母亲的手朝后击打着，再去唤着“圆圆！圆圆！”摇着她的身子时，那高烧昏迷的身子如柳枝面条般，任你如何摇摆她都贴着你的摇摆柔软着。如此母亲慌极了，抱起外甥女，朝镇上的医院疯了一般跑过去。脚步的快，怕是她这一生唯一一次如此拼命地跑。街上的人都惊慌地望着母亲的脚。路边的房屋、树木和电线杆，一律一律地，被母亲的脚步杀在身后边。有人问她“怎么了？怎么了？！”她也只是用脚步和医院的方向回答人家的问，直到母亲从我家跑到正街上，从正街又到公路上的车站那地方，到医院几里的距离跑过一半后，我的叔伯弟弟长科从家里追赶来，从母亲肩上抢过外甥女，接力赛一样朝着镇外的医院冲过去。

到了医院才知道，外甥女的烧烫将至四十一度的罕高上。医生说，幸亏你们住得离医院近，要是乡下离医院有十里八里路，这个姑娘的身子就烧没了，命都烧得没有影儿了，至少得落个脑膜炎，被烧成聋子或傻子。感谢我家住得离医院近。感谢母亲的脚步、耐力不愧为长跑运动员。尽管她到医院后，瘫坐在土地上，浑身的衣服都被汗湿着，急促滞重的呼吸声，像一头生命垂危的老牛拖着生命垂危的小牛和破车，朝着生命的峰顶攀爬着，却也还是攀爬过峰顶了。让她的外甥女，在输液的针下醒来笑着唤：“外婆……”

母亲应着笑，拉着外甥女的手，两个人在那一瞬间，彼此皆懂了相依为命的美，是一种生命最为暖人的光。如此在下一年我刚提干后，有能力每月都给母亲寄些钱回去，但不知为什么，有两个月没有给她寄，便接到外甥女给我的一封信——白色信封上的字，歪扭得如被风吹落在地上的枝叶般，而那贴颠倒了的八分钱的小邮票，则像一只奇怪的眼睛盯着我。

打开信封后，一张信纸上歪歪扭扭写了一行字：

舅，我婆说她没钱花了。

再没别的字。这是我一生接到的成千上万的信件、邮件中最为短的一封信，也是意涵最为丰满、温暖的一封信。我从那信中，看到了母亲和外甥女及那所老院、村落的孤独、和润、宁静、悠长和人伦的深厚与坚实。也看到了我们家、我们村和那块土地无尽的瑰丽和纯朴。感谢上帝让我出生在那个家庭和那片土地上，让我拥有那样的父母、姐姐、兄嫂和所有的侄男甥女和亲人。及至又一次，因为对越自卫反击战的爆发和紧急，部队不让士兵往家写信时，我又接到母亲让我外甥女寄给我的一封信，那信里连一句话、一个字儿都没有，只夹有十几枚红、蓝的邮票在里边，使我很长时间不明白母亲不写信寄给我十几枚邮票干什么。待终于有机会回到家，问母亲为什么要空信给我寄一把邮票时，母亲却说道："如果你忙了，没有时间写信了，你贴个邮票寄封空信到家里，我打开一看，就知道你平安没事了。"

说这话时我和母亲和外甥女，站在我家秋末的院落里，房院上的天空蓝得晶莹至剔透，每一丝白云绒线在那蓝上的飘和挂，都清丽得如黑字白纸的史书样。天也大得很，无边无际，结实浩荡，宛若我外甥女的小手在我手里的柔润存在着。

劳作与女性生命学

1

在乡村，没有人不是劳动者。

但劳动一词是有特殊含义的。比如它总是和土地、大地在一起；和勤劳和革命在一起；和男人和权力在一起。我们说某一人是位劳动者，那是有一份对男人褒奖深在其中的。我们很少说女人是“劳动者”，除非她在中国的集体生产中，被评为“劳动模范”了，我们也才会在公众场合里，称她为“劳动模范”者。

“劳动者”——这一概念有着男性最卑微的傲慢在其中。为了区别男性为“劳动者”，我们称女性的劳动为“劳作”。这是华语的丰富和奇妙，因为在“劳作”中，女性不仅要下田和男人一样劳动出苦力，回到家她还有一份烦琐无尽的家务在等着——烧饭、洗衣、缝补、带孩子，乃至于烧好了饭，一碗一碗地给老人、丈夫、孩子们端过去。吃完了再一碗一盘地洗好摆在灶房内。孩子们没有衣服穿，账要算到女性——所有妻子、母亲的头上去。家人的衣物又脏又乱了，账也要算到女性——妻子、母亲的头上去。至于谁的家里不卫生，地上蒙满灰尘和杂乱，这账更要算到女性——妻子和母亲头上去。

所以不称女性的劳动为劳动，而是说劳作，这表明着比劳动更为辛苦的劳动和烦琐。

2

我母亲是乡村相当典型的劳作者。

在我的记忆里，生产队里深翻土地了，她要和男人一样去翻地；修水利了她和男人们一道下河抬石头；农忙收麦了，她自然要半夜起床收麦子，正午在酷烈的日光下，和别人一样要如牛样拉着麦场上的石磙碾麦穗。就是到了农闲时，男人们可以卷着烟叶在村头晒暖抽烟了，她也和村里几乎所有的女性——妻子和母亲们，端着针线筐，坐在院里或门口，为父亲和我们姐弟四个纳着鞋底儿，或缝着什么衣服缀扣儿。

农村早年使用的除虫农药是“六六粉”，红黄色，粉状儿，庄稼或菜苗生虫时，她用毛巾当作口罩勒在嘴巴上，用手抓着那含毒的红粉朝着庄稼和菜苗上撒。两天后，手掌肿得有二寸厚，手指粗得和透明的塑料水管样，仿佛谁一碰，她的手就会突然暴裂开，响出炸音并有液血喷出来。而那肿成饼的脸，血红水亮，动一下会疼得“娘呀！娘呀！”地唤。后来社会进步了，农村也有手套、口罩了。可农药从“六六粉”进化成了“敌敌畏”，给棉花、果树、青菜打农药，不仅再是手脸肿，穿着长裤的腿，也会肿得和三年大饥荒时的浮肿样。因此母亲和别的村里的年轻妇女们，就会待在村头，望着田野和天空说：“社会进步还不如不进步，这农药不光害死虫，也要害死人！”

后来社会更加进步了，“敌敌畏”换成了针对各种害虫的各种杀虫剂，这项劳作就由和母亲年龄相仿的女性移交给了她们的女儿或刚刚娶进村的年轻媳妇们。而她们——母亲们，就开始每天叫着“我怎么眼花了？”“我的手指怎么不会打弯了？”“我一走路怎么膝盖就疼了？”到这时，她们年龄刚到四十几，然眼睛却如老年一样昏花了。纫针要从屋里跑到屋外找光了，或笑着去请她们的孩子和年轻人，让人家把线头送进针眼里边去，就像把生命的丝线送进衰老里边样。

发现母亲过早到来的衰老是我十几岁，她眼睛昏花后，总是切一片姜丝夹在眼睛里，把眼睛辣出两行泪，借此洗出她眼睛内的清亮来。有时家里没有姜，她从大葱头上撕下两条葱丝夹在眼睛里。如若家里连葱也没时，她会索性切两丝辣椒往她的眼皮里边送。好在我们家里富得很，基本总有母亲要夹眼的姜片或葱丝。就这样，她春天用姜丝夹眼睛，秋天也用姜丝夹眼睛，如此夹着夹着春秋过去了，冬天到来了，人闲她忙的季节摆在她的面前了——因为母亲会裁缝，家里又有一台从洛阳买的二手缝纫机，邻居、村人都把要剪要缝的布匹送到我们家；把准备嫁娶的姑娘、小伙推拉着，羞答答地送到母亲面前去，由母亲拿着尺子在他们身上量一量，将那尺寸写到布匹上，再把那布匹，以先来后到的顺序码在我们家的桌子上。于是我就看见母亲每天不停地裁着布，不停地踏着缝纫机，不停地从缝纫面板上，拿起黄灿灿的一块姜，用指甲抠下两尾姜丝来，仰头夹在她的眼睛里，然后用双手捂着她的眼，过一会儿把手从眼上拿下去，两只手上沾满了水汪汪的泪，她就把手在裤腿上擦一把，又把缝纫机的踏板踩得哗嗒嗒地响。

像一个诗人不停地写下的句子样，母亲在缝纫机上写着农家日子的长篇叙事诗，述说着她和乡村女性及所有人的日子和故事。云展云舒，流水汩汩，无论怎样日子都是要在浑浊和混沌中日日向前的。之后她的女儿和儿子们，就在浑浊、混沌的农事诗里长大了。田里的土地也在她的农事诗里疲劳了。之后她的女儿和儿子，及村里的年轻人们结婚了，就有更多的人叫她婶、娘、奶奶了。再之后，云起云止，日落西山，连她也不知道始于哪一天，各种病像村里通往四面八方的路，人以为路是由人选着去走的，其实所有的路，早在你出生之前就落在了大地上，落在尘世间，等着你走完了这条走那条。从根本上说，世上本无路，能从无路的地方走出路的人，都是伟人开拓者。而我们——如我母亲、父亲、姐姐、兄嫂及更多更多的芸芸众生们，生出来就是为了在别人走过的路上复走了这条复那条，把别人过完的人生重复一遍儿，再重复一遍儿。

我母亲的一生都在重复着别人的人生和尘事，一如我们都在重复着父母的人生尘事样。别的女性们——女人和男人们，在乡村的田野和院落，忙忙碌碌，碌碌慌慌着，不知不觉间，人就未老先衰了。而我母亲，也和他人——其他的乡村女性样，忙忙碌碌，碌碌忙忙着，不觉间，四十岁像了五十岁，五十岁如了六十岁。别人不知道怎么就病了，她也不知道怎么就病了。别人年纪轻轻——如同我大姐，把药房、医院、医生当作邻居和最好的人。而我母亲，也年纪轻轻就对药房、医院、医生格外、格外地亲好着，三天两头要去探望人家说些苦诉衷肠的话。把通往医院的路，当作通往田野、麦场、菜园和灶房的路。先是去医院看个腰腿疼，对止痛药的敬，宛若信徒对教堂和神的敬重样。接着就是在身上的这儿开一刀，那儿做个小手术，让疼痛、流血、缝针如她给别人剪裁衣服缝纫样。

没有人能讲清为什么，母亲身上有满身的脂肪瘤，二十个？或者三十个？腿上、胳膊上，腰上或者肚子上，先是豆子般的一小粒，后来时间让它变成果仁、枣子、核桃一样大，隔着皮肤呈着青紫色，既不疼，也不痒，宛若历史身上一个又一个的包袱样，忘了也就忘记了，记起也就记起了。但倘若，这颗瘤长在膝盖、手腕或者胳膊弯的关节处，那它长着长着就疼了。由小疼转为大疼了。不做手术就不能活动了。那就不能不去手术了。不能不流血、开刀、缝针了。于是间，从我们家通往医院和手术室的乡村小路上，留下母亲的脚印如秋天的落叶叠着落叶般。且最大的问题是，这些瘤又酷爱长在人的关节活动处，仿佛中国的历史包袱和节疤，必然是在历史的关键节点和时间上。

我母亲身上手术过的疤痕不是三个或五个，说十个八个就是抬举她和高看她。她在人至半百时，除了这隔三错五的小手术，我们还带她去河南开封的军队医院里，做过一个子宫瘤的大切除。那时我正好在这家医院做秘书，连看病也“近水楼台先得月”，于是她被当作“军人家属”照顾了，在手术台上昏睡六个多小时，摘下的瘤子大的如馒头，小的如葡萄。忙完她的手术后，军医非常不解地托着那一满盘十几个花瘤对我说：“你们农村的妇女太经得起病瘤折腾了！”

不知道他是夸赞还是嘲弄我。但是我知道，如我母亲样的女性们，在我们村里和那块土地上，不是几个、十几个，而是几十、上百个，上百、上千个。在她们的一生命运中，家务和劳作，被传统灌输为那是她们天经地义的事，宛若她们生而为女人，生而就该和男人一样去干“男人的事”，并且丝毫不能丢弃“生而为女人的事”。于是间，衰老提前到来了。疾病提前到来了。通往村街小药房的路和走向镇医院、县医院及洛阳、郑州大医院的小道和公路，乡村妇女的脚迹远多于男性、男人们，成了一个完全被忽略的与“女性问题”息息相关的乡村女性生存的必然了。

3

应该说，我母亲在乡村是个幸运的人。

她的幸运不仅是我自在军营提干后，能每月给她寄去零花钱；还自我成为作家或“著名”作家后，县长和县委书记及镇上的干部在大事小事间，都知道她是“连科他妈”，得到了许多照顾和温暖。而更为重要实在的，是我落户在北京，她有病了可以直接到北京来看病——哪怕是误诊。

我们县医院的院长是我好朋友，据他的调查和统计，在乡村医院女性生病住院的，远高于男性的生病住院率。这个比例约为6∶4。为什么乡村女性在中年后，生病的比例比乡村男人高，而人均寿命又比男性长，这是一个非常值得医学研究的生命科学和性别学。但在这个被忽略的学科里，女性的生存困境和对困境的适宜与忍耐力，也远高于、大于男性却是一个不争的事实和存在。

除了各种手术和癌瘤病的住院检查外，母亲在一次膝盖换骨的手术中，表现出的耐力与对生活、生存、劳作和生命之认识，至今我以为都是给我上了一堂“女性生命学”课——十几年前，母亲在七十二岁时，终于膝盖疼到不能走路了，于是我和哥嫂就决定，让她到北京来住院，把一个膝盖的髌骨换一下。问题是换完髌骨后，第二、第三天，朋友般的医生要求病人下地去活动，使那进口的人工髌骨能尽快和天然的人生膝盖和谐在一起。于是母亲流着汗也掉着泪，开始使用那德国的髌骨走着中国的路，扶墙拉床一步一步地挪走着，直到一周后，按医生的要求让母亲仰躺在床上，把半弯的膝盖用力朝下一把一把按，一次下按二十分钟乃至半小时，那疼痛使活着要比死去更难受。于是哥哥按着，母亲大唤着，她求哥哥停下仿佛想要朝着哥哥跪下来。

可哥哥真的停了手，母亲擦完泪和汗，又会突然问哥哥："你怎么不按了？"

哥哥说："不是你让停的嘛。"

母亲就又道："我让停你也不能停。停下不按万一做了手术还不能走路不是白白手术了？"

哥哥就又用力把母亲换了髌骨的膝盖朝下按。母亲就又哭着唤着求哥哥，下手轻些柔和些，饶了她的膝盖和这条命，说她宁愿死去也不受这个罪。于是哥哥就又停下手，母亲擦泪擦汗后，便又对着哥哥说："你要听人家医生的话，医生让你按多久你就按多久，不能我说停了就停了。"

哥哥便又按她又唤，可再唤，哥哥也要坚持着按。为了不看见母亲痛苦扭曲的脸，哥哥还故意把头扭到一边用着力，直到按的时间够长了，母亲的哭唤声嘶力竭了，这时哥哥才会停下来，出门洗手洗着脸上的泪。而这时，哥哥不在了，母亲就给我说了几句相关生存、生命和女性主义的话。

母亲说："你哥那么狠，和我不是他的亲娘样。"

我笑着："因为是亲的，他才那样用力哪。"

母亲想了想："当女人明显比男人受罪多。你爹早早就走了，把罪都留给我受了。"

我也想了想："千万不能这样说——这个手术要花六万多块钱，全部算下住一次院要花八万块，当年家里要有一千两千块，父亲也不至于离开我们走得那么早。"

母亲就盯着我看了很久一会儿："真的要花八万块？"

我朝母亲点了头。

"要花这么多，"母亲从经济学的角度说，"那你还是让你哥再对压腿更为用力些，不然这钱就打了水漂啦。"

就这样，一个星期后，哥哥再朝母亲压腿怎样用力她都不唤了，只是让泪让汗把她的枕头湿去大半片。再过半个月，她不仅不唤叫，还主动流着汗和泪，自己去爬楼梯了。到了一个月，她不仅自己主动走路去爬楼梯，出院回往老家时，还要自己拖着行李上火车，说"锻炼锻炼，不然不仅住院白花了钱，不会走路人活着和死人能有什么差别呢"。如此这般着，母亲回到老家后，不仅一早去村头、河边走路锻炼着，还在傍晚召集村里的妇女、老人们，由我大姐带队到我家院落里，放着音乐做着甩手操，把日子、活着、生存、女性、生命这些概念、命题和哲学与女性学，在乡村演绎得悲喜交加，其乐融融，仿佛东风在为西风唱着歌，沙砾在为黄土的随风到来鼓着掌。从而把乡村的男性学与女性学、男权主义与女权主义的分界线与分水岭，清晰了然地划开后，却又和人都是为了活着的生存与生命，水乳交融地混为一谈了。把劳作、劳动、生活与人生和命运，一锅煮后端到这个人世广场上。

过 年 搓 澡

母亲八十岁时我给她搓过一次澡。

先前这种搓澡、洗脚、剪指甲的事，都是姐姐、嫂子、哥哥们完成的。可在几年前，母亲来北京过年时，年前家里人人要大洗一次肉身之习俗，在我们家里如同律法一样规范着。于是间，农历腊月三十夜，北京因为禁放鞭炮而显得过度冷清和寂寥，因此我们把家里所有的吊灯、射灯和墙壁灯，一律打开让大屋小间和角落，都一如白天明亮与透彻，以此制造出一些过年的热闹和虚幻。在这热闹、虚幻里，轮到母亲洗澡了，妻子去卫生间把所有的沐浴灯和热水打开来，待淋浴房里的热暖满了后，母亲让妻子出来了。

出来后妻子对我笑着说了一句很温馨的话："咱妈脱衣服还不让我看哪。"然后我和儿子及儿媳，都围着电视笑起来。那源自一家天伦的笑，像一盆冬火把北京过年的冷清暖出了一屋子的热。我们都在客厅吃着瓜子、花生、小糖和巧克力，看着电视也听着卫生间里流水哗哗的洗澡声。过一会儿妻子去推开卫生间的门，问母亲该不该给她搓澡搓背什么的，母亲对她说了不该不用的话。于是又过一会儿，儿媳过去推开一条门缝儿，问要不要帮助奶奶搓个背，得到的回答也是不该、不用啥儿的。如此儿媳也笑着，从卫生间门口退将回来了。这样又过几分钟，儿子也过去隔着卫生间的木门问，用不用他给奶奶搓个澡，而母亲，依然用她热暖水淋的声音回答说，不用谁搓澡，她自己能解决这些烦琐的事。

然而不知为什么，我们全家人就是觉得应该给母亲搓搓澡。于是就都坐在客厅沙发上，看着挂钟和电视，觉得母亲最少淋浴洗澡过了半小时，再不搓搓澡，良机会如风样飘过去，便都多少隐隐有些急慌着，最后都把目光搁在我身上。

我便把一岁的孙女从怀里放在沙发上，像妻子儿媳一样穿过客厅走到卫生间，将门推开一条缝儿说："搓搓吧，搓搓身上干净不痒啊。"

母亲从玻璃房里扭过了头："那你进来搓搓吧。"

我被批准进去了。

在头顶炙热明亮的四个浴灯下，卫生间里的水珠、蒸汽和水蒙蒙的雾，像雨天后的虹或云，有着蒸腾的彩色和明媚。在这明媚雾罩的水亮里，我看见母亲的衣服旧的堆在洗池上，新的挂在墙钩上，而她坐在玻璃浴房里，像老年的菩萨坐在虹和水间一模样。那一刻，我没有觉得母亲是女人或女性，只是觉得她是我母亲。而她也没有觉得我是男人和男性，只是觉得我是她儿子。我们就那样彼此看了一眼后，我拉开淋浴房的门，她递给我她手里的搓澡巾，我开始异常自然地给她搓背、搓肩、搓脖子，并让她转过身子面对着我，去搓她的胳膊、手腕和手背。

这时我就清晰地看见母亲八十岁的裸体了，像信徒看见了圣母的淋浴裸体样。她除了单穿着一个全湿贴身的裤衩外，其余所有的身体都裸着，都亮在我的眼前和灯光下，胸、背、吊乳和有些赘肉的肚(好丑哦)，还有她这儿一个、那儿一个的青色脂肪瘤。

原来我的母亲已经成了这样子!

矮胖、丑陋和不堪，白发缕缕，下巴双重，垂吊的乳房如同麻袋的岁月和女人生命史的沉沉暮暮都在她的身上样。而我从她肩背、胳膊上，搓下来的泥垢卷，白灰灰如从历史的躯体上搓下的多余无用的记忆一模样。我就那样一下一下地搓。她就孩子样一下一下任我搓。当前后上下都搓完了，余下的部位她自己可以手至搓洗了，我才把洗澡巾从我手里还给她："搓搓清爽吧。"

母亲笑了笑："真丑呀——人老就没人样了。"

"这有什么呢，"我也望着母亲笑着道，"谁老了不都一样嘛。"

然后我和母亲又对望一下出来了。关了门，擦着汗，出来我们全家都扭头望着我，脸上都是红亮羡慕的笑，像我得到了一种奖励而他们都没有。又像他们和我这时候，都吃了比利时最好的甜心巧克力。

北京的年夜和深秋前的冷夜样，而我们家，这年除夕的年夜里，和仲春正到的午后样。我们围坐着，等待着，到卫生间门吱的一下响开来，妻子和儿媳过去扶着她们的婆婆和奶奶，我和儿子站在客厅等着母亲走过来。就那么几步路、几秒钟的时间里，母亲便如圣母或老年菩萨一样过来了。儿子这时望着奶奶问："怎么样，洗了舒服吧？"而我不等母亲回话儿，就笑着对我儿子说："你奶奶白得很，身上和奶汁一样儿。"母亲也便红着脸，笑着对大家精辟地总结了一句女性的人生和岁月："丑死了——这么丑地活了一辈子！"

天呀，好深邃的一句话。

第 六 章

第 三 性 —— 女 性 之 他 性

聊言之九

1

喂——请你千万不要把这一章当成论文看。

它完全是闲言和聊话。倘若不喜欢这章聊言说，请纵身一跃跳入第七章，说不定会有阅读中弯道超车的快乐感。

大名鼎鼎的西蒙娜·波伏娃，为世人所知不是因为她是小说家，不是因为龚古尔文学奖和《一代名流》那部书，而是她在历史和世人间，大胆明论“女人不是天生的，而是后天形成的”。[1] 她在一九四九年问世的《第二性》，风暴一样席卷着法国乃至欧美和世界上所有关心

1. 《第二性》第二部第9页，上海译文出版社2011年9月版，郑克鲁译。

现代女性处境的人，也奠定了“女权主义”学科一蹴而就的初起与确立。波伏娃以其学识、经历和山山海海的历史与现实、典籍与生活，证明着“女人不是天生的，而是后天的社会强加、赋予、造成的”。从而使她的思想、亲历和体系，风起云涌地呼唤着世人、社会、法律对女权的尊重和重塑。之后在这漫长的论争和妇女解放运动中，似乎这一问题滑落陷入了“女人不是子宫”和“女人就是子宫”的纸面战争中，直到上世纪七十年代鼎鼎大名的西蒙娜·薇依[1]和安托瓦内特·福克[2]等女性知识分子和社会活动家的刀火之努力，这一僵局才重新破冰和凸显，才使伟大的女权运动车轮滚滚地深入到社会的各个领域和各阶层。而安托瓦内特·福克的“人生而有两性”[3]的核心观，从那个叫女性力比多的角度说开去，在精神分析和政治考量中，结论出女性对生育之欲望，如寒冷需阳、饥饿要食样，是一种原初、根本的创造力，她把它大胆地称为“子宫的欲望”。“我生下来是个女孩，在生下一个女孩后，我重生为女人，就这样，我接受了自身性别赋予我的心理和生理等层面的命运，尽管受到所有象征机构的压迫（因某种女权思想的操纵根深蒂固）。”[4]借此我们看到福克和波伏娃的观点如同

---

1. 西蒙娜·薇依(1927.7.13—2017.6.30)，法国奥斯维辛的见证者，社会活动家，勇敢的女权主义者。1974年法国通过的女性合法堕胎权，即以她的姓氏命名为“薇依法案”。

2. 安托瓦内特·福克(1936—2014)，法国精神分析学家，女性学学者，“妇女解放运动”的发起人之一。

3. 《两性》第54页，华东师范大学出版社2019年3月版，安托瓦内特·福克著，黄荭译。

4. 同上，《两性》第63页。

矛和盾，在她的许多著作中，对波伏娃的“厌女症”进行了斥责和嘲弄。福克接受“我生而为女性”。波伏娃拒绝“我生而为女性”，她认为“她们（女性）的命运与易消灭事物的命运结合起来：只有自由的主体通过超越时间来自我确定，才能击败一切毁灭；这最高的手段，对女人是禁止的。这本质上是因为女人从来没有感受到自由的力量，她不相信解放：在她看来，世界受到一种看不清的命运支配，起来反对这个命运是狂妄的”[1]（如同宣言样的文字哦），“人们将女人关闭在厨房里或者闺房内，却惊奇于她的视野有限；人们折断了她的翅膀，却哀叹她不会飞翔”。[2] 由此我们看到女权主义也好，女性学也罢，多都是在女性的“先天”与“后天”中的一场充满思想与发现的苦口之论战。福克谈论的“我生而为女性”和“我接受了自身性别赋予我的心理和生理层面的命运”，是说从先天到后天的生命与自然的过程。而波伏娃的“女人不是先天的，而是后天形成的”，则是更多地行走在后天和政治、社会、文化的路道及庞大、芜杂的政治广场上。波伏娃的“第二性”，指的是相对男性的第二性，也是女性自身后天的“第二性”。而福克说的“两性”，首先说的是先天的“男性和女性”，其次还是先天相对男性存在的女性之“两性”。而这儿——我闲扯聊说的“第三性”，是在两性——男性和女性之中和之外的女性的——“第

1. 《第二性》第二部第447页。

2. 《第二性》第二部第449页。

三性”。

2

第三性是说女性之他性。

女性中的他性是她们的一种疣赘物。

疣赘物无论是与生俱来，还是后天生成，对人都是无用、无意义的多余之瘿瘤，但如你将它割除时，你将流血不止，会有意外之恶，使你感觉让疣赘存在要比割除好。久而久之，日月累加，这种疣赘与你相处恒远，你就不再觉得它是疣赘物，而是你生理、生命的一部分。是了自家人或者自家物。是你必须承继、承担的责任和使命。(我的天！)

波伏娃在《第二性》的“童年”一章里，开宗明义说：

女人不是天生的，而是后天形成的。任何生理的、心理的、经济的命运都界定不了女人在社会内部具有的形象，是整个文明设计出这种介于男性和被去势者之间的、被称为女性的中介产物。[1]

……

在女人身上，一开始就在她的自主生存和她的“他者生存”

1．《第二性》第二部第449页。

之间有着冲突；人们向她灌输，为了讨人喜欢，就必须竭力令人喜欢，必须成为客体；因此，她应该放弃她的自主。人们把她当作一个活的布娃娃；拒绝给她自由；因此，形成了一个恶性循环，因为她越是少运用自由去理解、把握和发现周围的世界，她就越是在世界上找不到资源，她就越不敢确认自己是主体。[1]

这来自《第二性》的明确论述（好严肃），是在说“后天生成的女人”在生成中的接受与应允。而我说的第三性（狂言妄语），首先是指超越了女性自幼应允并接受的那部分。比如女孩从意外、恐惧中接受了月经这一与生俱来的安排后，并逐渐接受了女性“必须”缝衣、做饭、生孩子等第二性的后天赋予并加诸于她的“责任与规范”。但在这之外，在我老家那块土地上，女孩除了与生俱来的第一性的生命与生理（女性），和后天加诸于她的历史与政治的第二性（波伏娃的“女人是后天形成的”），还有历史、环境和文化加诸于她们的第三性——女人先天是女性和后天历史、政治加诸于她们女性的第二性，在那块荒野广袤的土地上，她们还有文化、环境、历史加诸于她们必须有的“男人性”的第三性——女性作为“社会劳动者”身上的他性之存在。

1. 《第二性》第二部，第23页。

3

拉旗擂鼓地往大处说，无论是欧洲女权主义、女性学大本营法国的西蒙·波伏娃、西蒙娜·薇依，还是安托瓦内特·福克，再或是女权主义在美国方兴未艾而又有别于在法国偏则理论，而在美国偏则实体物质研究的苏珊·鲍尔多[1]和朱迪斯·巴特勒[2]，这些在独一领域鼎鼎大名的女性学者和思想家，没有人否定过人类是“天生两性”这一本质之现实。尊重并平等、自由地认识这种两性的差异和不同，就像我们天生知道榆树为榆树，泡桐为泡桐。然而在特殊的“某时某地”里，榆树和泡桐会被笼统地称为“北方的树”，会被“某时某地”异化并偷梁换柱地政治化和历史化，而非文化化和精神化。

毛泽东的“妇女能顶半边天”，在中国不仅是家喻户晓的伟大口号和实践，而且在全世界云涌热议的女性问题上，都为毛泽东赢得了巨大的声誉和光泽（我们为此而骄傲）。“‘妇女能顶半边天’当然是法国‘妇女解放运动’的起源之一，是最诗意的起源。”[3]一九六五年，法国那些为这一运动奔走、呼告、上街游行的人，都深知东方伟人的这句话。他们被这句话鼓舞和鼓动，为中国妇女（女性）感到幸福和

1．苏珊·鲍尔多，普利策奖获得者，现代女性主义哲学家，人类学教授。

2．朱迪斯·巴特勒，美国著名的后现代主义思想家，在女性主义批评、性别研究、当代政治哲学和伦理学等领域成就卓著。

3．《两性》第191、192页。

欣慰。然其吊诡的地方是，至今在中国，没有人知道这句关于女性最伟大的语录出自何时与何地。人们查遍档案和文献，也无法得知毛泽东说过这句话。也不能证明毛泽东没有说过这句话。然爱好游泳的毛泽东，一九六五年在北京郊区的十三陵水库游泳时，曾经和中国的青年有过一个垂史留名的谈话会。在这次谈话中，毛泽东确真说了这样的话："时代不同了，男女都一样。男同志能办到的事情，女同志也能办到。"[1] 由此可以明证和确定，毛泽东对"妇女问题"是有着开明态度和现代认知的。而且至今这笔遗产都还对中国女性、女人的解放与平等有着重要意义，是支撑着"女权主义"旗帜终不倒下的筋骨与力量。但不能忽略的一个背景是，十三陵水库始建于一九五八年中国的"大跃进"（多么特殊的年代哦），在这个滚滚烫烫的年代里，这个中等的水库，完全起始于原始的肩挑和手抬，每天有十万人参加劳动，由周恩来亲自组织规划并实施，从动工到竣工，用时仅有五个多月，一百六十多天。在这场举国欢庆的"大跃进"的劳动中，涌现了当时名扬天下的"七姐妹"和"九兰组"这样拍成电影并出国访问和学习的巾帼英雄。由此上溯到一九五五年，中国农业生产的大热潮时期，贵阳市息烽县的养龙司乡的堡子村，在上一年成立了农业生产合作社，男社员劳动一天是七工分，而妇女劳动一天只有二点五分工。于

1. 《人民日报》通讯——《毛泽东、刘主席畅游十三陵水库》，见1965年5月27日版。

是，几乎所有的妇女都不出门劳动了，导致劳动力严重不足和群众们张口无饭，最后不得不提高女性参加劳动的工分制。这一年，贵州民主妇女联合会的刊物发表了《在合作社内实行男女同酬》的文章（开创性的好文章），毛泽东看到这篇文章欣悦批示道："建议各乡各社普遍照办。"自此后，"男女同工同酬"，不仅成为中国妇女解放的思想之纲领，也是具体的实践之措施。由此在这个历史脉络中，这句不知出自何处的"妇女能顶半边天"，便真理一样响遍天下了。连安托瓦内特·福克也为毛泽东的这句话激奋和雀跃。但细心的中国人们都知道，这句话真正、本质的含意是和"劳动""劳动力""大跃进"及社会主义建设密切相关的。如果没有"大跃进"和社会主义建设时期对大量劳动力的需求，也许就没有这句话或者这些话。而这句话和这些话，在后来中国的各个阶层和领域，或多或少都改变了人们对妇女的看法和认知，提升着她们的社会地位和走出家门的"劳动权"。至少说，它把妇女从小院、屋里和厨房解放出来了，让她们站到了阳光下、风雨中和"大跃进"的工地上及后来的田间地头上。

这不好吗？非常好。

和民国时期的男人剪辫、女人放脚一样伟大和有着历史性的进步及人类社会学的价值与女权主义里程碑的意义在。但如果我们把"妇女能顶半边天"和"时代不同了，男女都一样"作为理论、思想、精神推延到别的时代和场域，如劳动场域之外的政治、文化、金融、教育及执政机关和机构——除了劳动力所需要的任何一个场域间，会发现妇女解放在那儿不像劳动场域——农村的田间地头、城市的纺织车间样——“男同志能做到的事情女同志也在做”。在劳动场域外，女性并没有真正的自由与平等，没有真正尊重女性的权利与人格，而且在劳动场域外的任何场域里，那些男权世界的中心地，依然是“女人嘛，呵呵”的暧昧和固有。如果我们只是在国家、时代最出力流汗的劳动场域才能看到“妇女能顶半边天”，那么我们会怎么去想象自由、平等、平权这些关于女权主义的理想、诉求、理念与精神？会不在这些光辉的词语下面想到侵占、剥削、占有、预设、预谋等这些词汇呢？

我家乡在“妇女能顶半边天”的时代旗帜下，“大跃进”时和十三陵水库样，在离我家几里的地方曾建造了一座陆浑水库，其规模和阵势，远大于十三陵水库。在中国没有长江的“三峡大坝”和黄河“小浪底”水库前，陆浑水库的蓄水量，是排在中国第九位。由此可以想象当年农民们千军万马、肩挑手推地建造水库那壮观的场面和景象。而繁华之后灯暗时，历史的幕布徐徐落下后，那些戏台上的舞者也成为观望历史的看客时，我母亲总是不解地回忆着她和十里八乡几乎所有能爬能动的妇女都被动员去修水库时那抬石头、挑泥土和砸石子、运沙子的场景，总是很感慨地说：“那时候人都疯了呢，一上工地每天每人都干十几个小时，一干个几个月或者大半年，累得挑着担子倒在地上都睡着了。”每每说到妇女都被“解放”到坝上劳动时，总是一脸严肃地说：“那时候把妇女也不当妇女看，每月来经时，也不能请上半天假。月经来了还让挑沙、砸石头，经血就顺腿流在裤子和地上。”

母亲的经历，只是一九四九年新中国成立至新时期改革开放前的社会主义大建设时期成千上万的女性中最为普通、普遍的一个或一例，连成为一个独特的个案都不算，但她的“把妇女不当妇女看”的认识和结论，却无意间让她成为了一个最特殊、朴素、原始的“乡村女性”和女权主义者，道出了“女人也是人，是人也还是女人”这样的逻辑、哲学和女性学的一个复杂、缠绕的问题和命题，并用她最简朴、质感的劳动和生活，说明着“女人是人，但不是男人”——可又“不得不是男人”的第三性。

4

谈论女性之他性——第三性时，我总是想到我的母亲、大姐、二姐和我们村我所熟悉的那些女性们。她们到底是女人还是男人呢？抑或为人类两性中的混合人？这里说的混合人是没有性向指涉的，和女性主义经常讨论的同性恋、双性恋毫无杂染与关系。

似乎我们村的女性、女人们，都与此无关无纠葛。

可我又总觉得我们家、我们村和那块土地上的女人们，她们几乎个个身上都有异性“男人气”。是历史与政治上的混合人。这种可以归为女性身心共存的他性的男人气，由生活、文化、禀性和环境，尤其是时代、国家和意识形态所赋予她们的与生俱来的身体上的男人气，使她们既承担着女人“应该”承担的一切，受孕、怀孕、生儿育女和一切家里的烦琐之家务，但又必须在相当程度上，承担着“男人”的责任和义务。比如播种、锄地、施肥、收割等，几乎所有男人们劳动的事。“男外女内”这个数千年的妇女枷锁确实在一九四九年以后被彻底打破了，但打破了这一枷锁后，妇女此前所有肩上的承担并未从肩上卸下来。不仅未卸下，反而把原来男人肩头的承担又朝女人的肩上转移了很大一部分，使女人“既里又外”“既女又男”了。使得她们再次陷入被侵占、被剥夺、被占有和付出与牺牲的双重、多重角色里。

似乎没有发现男人们少干一些啥，但女人们却鲜明地付出了更为繁重多量的责任、义务和劳动。那么这些多出来的劳动是从哪儿溢出的？是从一九四九年后的“社会主义大建设”中溢将出来的。一九四九年前，中国的乡村社会是以个体家庭为自存自在的单元形式的。自耕地和家庭，成为多数人男外女内的社会结构的平衡器。而在一九四九年后，这个松散、自在的社会分工的平衡结构小单元，被捆绑并最终融入了人民公社的大单元，因此在家庭的内部结构仍然不变时，而家庭的外场域，因社会主义建设的场域无限地扩大增多了——田地还是那么多的顷亩和连片，但社会主义建设的速度不再是日出而作、日落而息地按部就班了，且劳动场域除田间的寸土不少外，兴修水利、大炼钢铁及“赶英超美”的目标和时间，使得劳动场域无限延宕到了山脉、森林、河流和海域中间去。于是，这多出来的被权威推动、理想引带而无限增多的战场一样的劳动场域和劳动量，除了男人的负荷增多外，那空缺更多更多的，就必须由女性来填补和增加着。

如看题材独特的小说样，读福克的《两性》时，我为读到这样一组数字震惊——据法国的PNUD，FNUAP，OMS人口组织二〇一二年的调查分析，全世界今天的财富女性创造了2/3，但她们拥有的只有1%，得到的可支配收入（工资）只有10%，而且在赤贫人群中，女性的占有率却高达75%。[1]由此我想到了我们的国家建设。如果我们的国家建设所获的财富也在这个核算范围内，那也就是说，同样是有2/3的社会财富是由女性创造出来的；同样女性们所拥有的社会财富只有1%；同样她们的可支配收入也只有10%。这让我想到了我的母亲、姐姐和那块土地上的妇女们。我开始为一年中最忙的一季麦收为例去计算：种麦时女人们像牛一样在播种耧的前面拉着绳；麦苗出来了，锄麦时女人和男人一样去锄草；施肥时男人挑着粪担往返在村落和田间的路道上，女人也一样挑着粪担往返不停地走在这段路道上，且担的筐担一点不比男人小。麦田需要浇水了，北方缺水男人需要半夜去浇地，女人也半夜守着河渠在浇地。到了麦子金黄收获了，磨镰、割麦、捆运、打场、晒麦和入缸，这一季的种植和收获，原来果

1．《两性》第19页。

真是女人的付出一点都不比男人少，而且还时时多一些，可在收获之后的欣喜里，人们用语言和文字唱颂劳动时，说到“土地的主人”和劳动，歌颂的却永远是男人。到现在，我们能把一季收成的功绩男人、女人各半对开吗？他有 50% 的劳作和付出，她也有 50% 的劳作和付出。这个计算如果能成立，那么在这一季的大忙小忙里，忙时的一日三餐是由女人去做的，做好了还得盛好端到坐在树荫下的男人手里去；还有洗锅碗、洗衣服、扫院子和闲日间男人抽烟或聊天，而女人忙着为男人、孩子缝衣服和纳鞋子——凡此种种，费神费时又耗精力的烦琐之家务，毫无争议都是女人做下的。若我们将此也算作女人的劳动量——丝毫没有理由不算她们的劳动量，不是她们的劳动和付出，加之女人在田间和男人一样都是 50% 的劳动和付出，这不言而喻间，女人的劳动付出就远远大于男人了。倘是放大一步说，如果农村的种植、饲养、水利建设是我们国家（社会主义）建设的一部分，那么女人的家务自然也是这个建设中的一部分——这建设，只不过是有着“前沿”与“后勤”之差别，一如任何一场战争都不能不考虑后勤样，不能不把后勤列为战争的考量样，甚至许多时候是战争更重要、从根本上决定胜负的一部分。那么，当我们把千千万万个家庭的家务也算作国家建设的历史成就和劳动时，我们还有什么理由说女性在一季麦种、一季秋收、一场水利建设和一项架桥修路的轰轰烈烈比男人付出的少？

我不怀疑 PNUD，FNUAP，OMS 组织的调查与计算：全世界的财富 2/3 是由女性创造的，但她们只占这财富拥有的 1%——由此我想到了我母亲在六十年代国家建设中，有几次因为劳动积极，被评为公社和大队的劳动模范，得到过红、黄色的证书和奖状。开始她还把那奖状贴在家里墙壁上，后来她自已又默默把那奖状揭去放到了哪儿。问她为什么，她轻淡地笑笑说了一句模糊而又智悟的话："多丢人——总觉得女人不该和男人一样争这些。"

于是，她的那些荣誉不知所终了，来而有路去而无踪了。奖状不在了，一段历史的记忆模糊了，而女性在这记忆中的角色也变得模糊了，消失了。像一台戏从甲地到乙地，从彼时到此时，其中的一个角色、几个角色被悄无声息地替换了。

5

随着母亲那些劳模奖状的羞怯和丢失，一个国家伟大的建设时期也在我们家里从彼时到了此时里。改革开放的伟大时代到来了。岁月让母亲从这个时代退了场，而两个姐姐和嫂子，以及我的侄女、外甥女，她们都被挟裹在这个伟大时代里，开始了她们的人生和营生。车轮滚滚，人生如流。当改革开放的重心从农村转移到了城市后，农村不再是中国改革开放的主战场，而成为朝往城市输送劳动力取之不竭的仓库时，女人之他性——第三性的侵入就变得更为微妙、自觉和残酷。当我们家、我们村、我们那块土地和几乎所有的男女都被命名为

"农民工"涌进城市的工厂、车间、工地、街角、生产线和屋檐下，人们发现在两个完全不同的时代里，而妇女作为劳动者身上的他性却是几乎相同的。只不过在前一个时代里，她们身上的他性是被历史强行注入的。那时候，如果一个女人说，我是女人我不能和男人一样在土改合作社时期下田去耕地；在"大跃进"时候不能和男人一样去伐木砍树炼钢铁；在大兴水利时，不能和男人一样到水利工地下河捞沙抬石头，那么你会被批斗、被游街，会被万人嘲笑所不齿。那时你就不仅不是人，而且连一个女人也不是了。但是在今天，在这个伟大的改革开放的时期里，那只历史之手隐藏起来了，时代的注射器似乎没有谁再拿在手里要强行注入女人的身体内部去。但市场、金钱和欲望，这些看似自由地摆在社会文化里的现实和精神物，却又以无形之手和无形的力，让女性自己去拿起那似乎搁置的"第三性"的历史注射器，由她自己朝着自己身上注射和变异。

我曾经多次走访过驻扎在北京昌平区的"河南村"，走访过北京许多地方的菜市场，采访过收垃圾和开电梯的河南人——尤其是他们中间的女性们，问不出来打工不行吗？她们说也行啊，可是你"活着为人"怎么能不出门打工呢？

我二姐总是鼓励她的孩子们，到遥远的南方去打工。鼓励她的儿媳把孩子留在家里由她带，让儿媳外出工作多挣一些钱。而且在某些时候里，比如新疆的八月棉花一片盛白时，戈壁滩上的太阳如火一样，而漫无边际的千亩、万亩连成一片的棉花地，雪白的棉花如万里白云落在大地上，这时二姐会和村里及那块土地上的妇女与少男少女们，从河南坐几天几夜的火车到新疆的喀什或者不着边际的广袤田野上，就着咸菜啃馒头，喝着生水流着汗，起早贪黑地为承包了新疆土地的棉农主人摘棉花。这种如奴人一样干的活，今天完全是她和她的姐妹与儿女们自愿的。一个半月后，当新疆的棉季结束了，她们或他们，男男女女从新疆回到村落里，每个人都是满脸紫外线的高原黑红色，瘦成柴枝儿，从脸上分不出谁是男人和女人。吊诡的问题正好在这儿：女人完全可以不这样，她们又总觉得自己不能不这样。

是什么力量在推动着她们自觉自愿地朝着“自塑他性”大刀阔斧地行进呢?

是钱!

是物!

是物望!

昨天遥渺的国家理想已经不在了。而个人——自家的房，院落的地，厨房里的电冰箱和门口院里的洗衣机，还有楼屋客厅里的沙发和空调，大人孩子都必须人手一个的手机和用与不用都要摆在家里桌上的电脑和一团乱麻的电线、电路板与充电器。这些既能看见、又能摸着的物，取代了历史把女人变成男人的不可抗拒的推动力，正一点一滴、一物一件地诱惑着男人外出去打工，也诱惑、指使着女人和男人一样外出打工和挣钱。是“物望”在指使、引诱着男人和女人。我一直以为今天中国社会变化的最大推动力，是人人的物望集合而起的龙卷风。“时代不同了，男人能干的事，女人也能办得到”——这女性被解放、释放出的巨大之力量，并没有随着一个时代的更替而歇息，而是又不加犹豫地从一个时代进入了另外一个时代里。使她们继续自觉自愿地去承担起这个新时代“劳动力”的责任和义务，自觉自愿地把自己的“他性”扔在任何一个可赚钱的男人的劳动场所和地域。至于女性、男性——人生而两性的事，早就被历史习惯地置于被有意遗忘、模糊的角落里。

6

戴锦华在我们这个时代里，对许多问题的认识是可以称为先生的。《昨日之岛》是她有关电影的文章集，其中在《当代中国女性可能没有花木兰幸运》一文里，谈到解放后中国女性的命运时，非常清晰地说：

但这一次，解放的到来并不意味着、至少是不仅意味着她们将作为新生的女性充分享有自由、幸福；而意味着她们应无保留地将这份自由之心、自由之身贡献给她们的拯救者、解放者——共产党和社会主义、共产主义事业。她们唯一的、必然的道路是由奴隶而为人（女人）、而为战士。她们将不是作为女人、而是作为战士与男人享有平等的、无差别的地位。[1]

这段分析与论断，讨论的是中国文学故事与电影中的女性问题，但却也极度准确地应对着新中国成立之后中国乡村之女性。尤其是我家族中的女人和那块土地上的女性们，她们没有参军，没有革命的历史，没有系统地受过任何教育，但她们却像沙尘中的任何一粒沙或一捧土，没有缺少过新中国成立后任何一场沙尘暴般的运动的袭扰和夹裹。当那些文学作品和电影中的女性“唯一的、必然的道路是由奴隶而为人（女人）、而为战士”时，而我家族和那块土地上的女人们，唯一的、必然的道路是由旧（女）人而成为新人（女人）而为劳动者（劳动力）。她们没有成为作为人的女人享有女人与男人同样的平等、自由权，而是作为“劳动力”把自己“女变男”（劳动者）地同男人享有无差别的劳动的义务与责任。

这个劳动与劳动力的变化之过程，就是她们接收他性、塑造第三性，“女变男”的起始、中段和目标。

在这个走向第三性的过程中，无论是由波伏娃的“女人是由后天形成的”，进而引出的生理性别和社会性别的“二性”论；还是由安托瓦内特·福克所纠正的“人生而为两性”的两性论，再或是朱迪

1. 《昨日之岛：戴锦华电影文章自选集》第90页，北京大学出版社2015年1月版。

斯·巴特勒在《消解性别》中提出来的疑问样，“为了这种女性多重性的出现，对性别差异的思考框架必须是二元性的吗？为什么这种性别差异的框架不能越过二元性进入多元性”[1]。进而巴特勒在她的《性别麻烦》中，用相当纠缠的叙述去解构主体身份时说：“我们的任务不是对一个个新的可能性、就它们作为一种可能性而予以颂扬，而是去重新描述那些已经存在，却存在于被指定为文化上不可理解的和不可能发生的文化领域里的可能性。”[2]（这绕如麻团的话）凡此种种，在我临时抱佛脚地读到有限的关于“女性学”“女权主义”的书籍里，都无法去讨论我的家族和那块土地上的女人、女性们。

苏珊·鲍尔多在她的《不能承受之重——女性主义、西方文化与身体》一书里说：“我的论点是一个请求，不是请求审查，而是希望我们认识到来自通俗文化的形象的社会语境的重要性，它们通常在对这些形象中的‘抗拒性’要素的后现代和其他形式的赞扬中被抹杀。”[3]这段话非常值得我们思味和珍重。她说的是“西方文化与身体”，又何尝不是我们东方的文化与身体。我不太喜欢“花木兰从军”的故事和人物（身体）。对于“女变男”有一种与生俱来的反感和讨厌，这不是“女人就是女人”“男人就是男人”狭隘的二元论，而是在那

1．《消解性别》第202页，上海三联书店2009年11月版，郭劼译。

2．《性别麻烦》第193页，上海三联书店2009年1月版，宋素凤译。

3．《不能承受之重——女性主义、西方文化与身体》第311页，江苏人民出版社2009年第1版，苏珊·鲍尔多著，綦亮、赵育春译。

个故事中，没有写出花木兰在男人堆里生活、生存的纠结、尴尬和矛盾，没有写出一个女性（身体）在男人世界里内心的不安与焦虑。“女性身体”在这儿完全消失了。“东市买骏马，西市买鞍鞯，南市买辔头，北市买长鞭。”这一买，就把“女儿”变成“战士”了。“旦辞爷娘去，暮宿黄河边，不闻爷娘唤女声，但闻黄河流水鸣溅溅。旦辞黄河去，暮至黑山头，不闻爷娘唤女声，但闻燕山胡骑鸣啾啾。”诗言朗朗，如同流星划过战场的星夜与长空，而女性的“身体”，就这样消失在了男性世界的金戈铁马中。“开我东阁门，坐我西阁床。脱我战时袍，著我旧时裳，当窗理云鬓，对镜帖花黄。”这就又把女性还给女儿了。人被词句摆弄和摆设，女儿（女性）仅是一个名词和符号，倘若不是“当窗理云鬓，对镜帖花黄”，有谁还能真的相信“花木兰”不是男性而是女性呢？

然而无论何说，花木兰都是中国文化中“女男人”最成功的传奇和典例。由此生发的“女男人”的形象，如之后的樊梨花、穆桂英、佘太君以及秋瑾、向警予、刘胡兰、江姐、赵一曼等，以及新中国成立后成千上万的“女劳模”和改革开放后的“女强人”。这一系列“男人样”的女英雄、女将士和巾帼豪杰们，就使得“女男人”成为中国文化中的“英雄血液”，继续流淌在东西南北的中国土壤里。“这种抽象的、没有定位的、没有得到体现的自由美化自己的唯一途径，是通过对人们的物质现实的抹杀，文化形象的标准化力量，和现实中主导和从属的持续存在。"[1]——这么弯弯绕的话，为什么不直说"抹杀女性的生命现实，统一她们和他们一样与世界相处的性别标准"呢？这样不是更清晰也更为明确吗？我们的社会就是这样清晰、明确面对女性的。因此不能否认如我母亲那一代人在社会主义建设中所表现的不得不有的车轮滚滚的"男人气"。但当历史来到今天时，她们的女儿、儿媳们，"能够不这样，却又不能不这样"。于是，后者便更自觉地在享有单一的与男人一样"劳动权"的平等权利下，自愿地接受着第三性的注入和改变，让自己时时成为中国社会中的"建设者""劳动者"和"女男人"，从而使"第三性"最终成为中国乡村女性——尤其是我们家族和那块博大深厚的中原大地上，女性最鲜明的与其他任何地区、国度的女性都不同的独有之特质。

1．《不能承受之重——女性主义、西方文化与身体》第311页。

第 七 章

她 们

一场震惊世界的女性主义惨案

几年前的阳光和今天一样吗？风、天空、山脉和镇街上的人。初冬枯萎的树和走过檐脊的时间及各种各样的足迹们，把我家乡的一切都显得疲惫和颓萎，就连这个集日上午的阳光也无力而慵懒，显出入睡前的懒散、不安和隐隐含含的焦虑来。

人们都在等着一桩事情的发生样。

一桩事情也就发生了。

从洛阳那儿开来了一辆簇新豪华的中巴车，车上坐的是十几个外国人。他们是从北京坐高铁到了洛阳的。到了洛阳吃饭、歇息后，又坐了这个奔驰的中巴到的我们镇。那时我家乡镇街上的人，多已经在洛阳、郑州、北京和出门打工、旅行的途中遇见不少外国人。见怪不怪，已经是他们的经历和智识，但一次性在中原西部的镇上见到这么多的外国人，还是千百年来的第一次。十二个还是十三个。有两个中国的女性翻译陪着这些人。他们把车停在镇街口，下车徒步从街东向西走，一路的好奇和叽叽哇哇的说话声，把两个翻译忙得如一个母亲要给十几个孩子喂奶样。那时候，还没人知道他们千里迢迢要到这个小镇上，只是事故发生后，在超出他们人数几倍的事故调查组赶到镇上时，人们才惊着“啊！”一下，恍然明白他们要到镇上干什么和看什么，想要了解什么了。于是间，人们想这有什么值得调查、了解呢？真是闲到无聊啊！就在那个正午初冬的阳光下，乡村集市正值高峰时，有一种不安罩在天空下，该卖的没有出手有些焦虑了，想买的没有相遇烦躁了。他们彼此懊恼着，焦虑隐隐地在心里生长着。这时那群外国人，像异邦人到了异邦样。他们被路边卖葱卖蒜的妇女所吸引。被一个姑娘穿的大红绸花的薄袄所吸引。被七八岁的男孩、女孩当众在路边撒尿所吸引。还有一个卖鸡蛋的姑娘和一个小伙子，因为一个鸡蛋到底是新鲜鸡蛋还是坏鸡蛋，他们在大街的拐角吵起来。后来那姑娘也许骂了小伙一句啥，可小伙逮住姑娘的一句民间地域的骂，就用力推了姑娘一下子。

姑娘蹲在地上了。

人群围了上来了。

赶来的外国人都围向人群了。

而后来的事情超出所有人的意料和控制，像一湖水决开薄堤朝四面八方横滚竖流样。人围人。人群围人群。所有赶集的人都朝着这个十字路口的街角围过来。先是围堵小伙子把那姑娘推倒了的事。后来却变成了村人、镇人、那块土地上所有、所有的人，都在集镇上吵嚷、围堵这十几个外国人。说是外国人要替那姑娘讨个说法去和小伙论着理，论着论着就吵了起来了。打了起来了。国人这时成了一家人。连那姑娘也指责外国人，说我们的事要你们干预干什么？！并说外国人在这事端中，有个男的高鼻梁，借机动手指着姑娘的胸脯摸着姑娘的脸，说了满街人听不懂的话。于是，围上来的我家乡的人，就把那个外国男人推倒在地上，又失手打成断腿残瘸了。还把他当众指摸（调戏）女子时，在边上痴痴笑着的他的情人也给毁了容。而其余别的多为女性的外国人——法国人和美国人，还有他国及当翻译的两个中国人，也都被打得伤痕累累、头破血流，没有一个不掉头发和不被撕破衣服流血的。

事后从洛阳、郑州、北京等上边紧急赶来的事故调查组的口中大家才知道，这次发生在中国北方乡村的国际围殴事件，一共是二死和九伤。轻伤的送到洛阳人民医院缝了十三针，重伤的断了七根肋骨，并因为有人抓住她金黄的头发猛地往镇街水泥地上磕，最后不仅头骨开裂严重脑震荡，而且送回到美国的医院后，她就从此面对世界再没有开口说过话。

她成了世界上第一例非植物人的闭言人。

而那次在事故中被生生致残毁容的，后来传来的消息说，男的是法国的哲学家和文学家，据说名字是叫让－保罗·萨特（无稽之谈了），女的是他的终身情人叫西蒙娜·波伏娃（荒谬，太过荒谬了）。

而那被打成终身不语的人，是美国耶鲁大学的哲学博士，后在加州大学伯克利分校教书，为教授，主攻性别学。重要著作有《性别麻烦》《事关身体》《消除性别》和《欲望的主体》等（哪儿和哪儿的事）。其余被打伤致残的，分别是法国的精神分析学家、女性学学者安托瓦内特·福克和法国的女性主义运动领导人西蒙娜·薇依，及法国的女权主义理论家、作家、女同性恋和女性学的代表人物莫妮卡·威蒂格[1]，美国“身体研究”的前沿学者苏珊·鲍尔多，还有出生于印度孟加拉湾的阿马亚蒂·森[2]，奥地利的梅兰妮·克莱因[3]，以及日本和韩国、印尼的女权主义者和中国的女性学者等。她们是来参加在北京召开的世界妇女大会的学者或代表（有的是与会人员的陪同者，如让－保罗·萨特是陪同波伏娃而到北京的）。因为会后要进行一次“中国北方乡村女性问题的调查”而到了河南我老家，从而发生了这次震惊世界的“女性主义惨案”，而使我的家乡和那块土地被钉上了“世界女性主义的耻辱柱”，如同一窝采蜜的蜜蜂被粘在了一地血浆和粪便的黏稠上。

1． 莫妮卡·威蒂格(1935—2003)。

2． 阿马亚蒂·森(1993—)，先后任教于印度、英国、美国，1998年获诺贝尔经济学奖。关于女性重要文章的著作有《一亿女性缘何消失？》《当厌女症成为公共健康问题》等。

3． 梅兰妮·克莱因(1882—1960)，奥地利精神分析学家，儿童精神分析研究的先驱。

赵雅敏

从我们村西沿路朝向西南走，十八里的山路后，有个叫“扳倒井”的村。村庄名字的来历说，是明末年间的一六四〇年，闯王李自成失败北退，路过此处，骄阳似火，口干舌燥，四处想找一桶半盆水，又见所有的村人都因天下大旱而逃离，徒步十里无池水，行走百里无河流。就在地上生烟、人将渴死时，偶遇荒村，见村头有一老井，深枯暗黑，井底有一丝幽光，知那井底有残水存留，又没有办法把水从井底勺出来。于是情急之下，李闯王就把那井从地上扳倒了，使竖井成了一口斜井了，让井底的水慢慢流出来，如此闯王和他的军队，大喝畅饮，不尽不竭，于是军队又有了行军之力，也就最终推翻了明王朝。

从此起，村庄就叫了“扳倒井”。

几年前，村里有个姑娘叫赵雅敏，二十四岁半，浑圆、漂亮，常穿红色毛衣和月白色的布裤子。在那块土地上，她因爱好收集手表而扬名。大陆产的老式上海表，来自香港的样子酷俊、价格低廉的电子表，还有台湾和哪国合资的过时“宝岛”牌。在她被公安人员带走并从她床头的一个木箱找到的九十九块手表中，最贵的一块是来自一个退休局长、在手腕上戴了二十七年，曾经有过停走经历的机械瑞士表。那块表上的镀光都已褪去一多半，露出红铜色，县里表行对它的估价是因老而值钱，二万二千元。这块二万二千元的表，姑娘用一块红绸将它包起来，在她那用泡桐木做成而清漆涂油的木箱内，成为表王被装在拳头大小的一个牛皮小盒里。

赵雅敏是在社会兴起的“打黑扫黄”运动中，被举报后由公安人员在城郊理发店的一间小屋抓获的。被抓时她赤身裸体，正和一个男人坐在床沿上。那时候，他们还没有开始做事情，彼此正在商量用什么方式回报她的付出和报酬。她坚持做爱后要男人手腕上的那块表。而男人坚持要付人民币，说那表是他结婚时妻子送给他的定情物。然而赵雅敏，不管它是不是定情物，她说她在这儿接客不是为钱就是为了收集表。说她收集够了一百块，打死她都不再接客了。她要好好回家种地过日子，好好同男人结婚生娃儿。

“你为啥要收集表？”所有的嫖客都会这样问。

“你别管！”她也永远这样回答嫖客们。

这时候，更多的嫖客会夸大自己手表的价格和来路，说自己把手表给她他就亏大了。如此她就会问那表是什么牌，买时多少钱，戴了有多久，然后根据自己日益增多的表知识，判断那表够不够她出卖一次肉体的价格和价值。不够了，她若看上了那块表，也不去计较那表值不值那么多的钱。但若那表确实超过她一次出卖肉体的价格了，她愿意和他两次做爱或者索性陪客一整夜。

她接客一次为四百元。

那块掉了光的老牌瑞士表，是她陪那位退休的局长睡了一月得来的。

她的理想是挣够一百块手表就金盆洗手，重新做人，从城郊回到那叫“扳倒井”的村里结婚过日子。她已经在这理发店里帮人洗头并做这营生二年了。九十九块手表在她家的床头木箱里，等着她回去从良为妻，嫁人度日，过一种美好、温馨的小日子。房前种有向日葵，房后种有青菜、黄瓜和番茄。男的在菜地浇水或给黄瓜、番茄搭架时，她把凉好的开水送过去。喂他喝，逗他笑，喝完笑后二人相视望一望。手表已存至九十九块了。她昨天才回老家扳倒井，把第九十七、九十八、九十九块手表都写上编号放到那个清漆箱子里。今天上午从村里回到了这个城郊理发店，下午四点来了这个中年人，理了发，还要做场风花雪月的事。他们正在商量用表抵资还是用人民币付钱时，有点暗黑的屋门被踹开了。两个警察进门大声连连怒吼道：“别动！别动！”像她和嫖客身上有着凶器会随时还击样。

他们被带走了。

警车的车厢里又脏又乱，不知为啥还有喝醉酒的呕吐物。

在另外一间亮着灯光的小屋接受审讯时，她脸色蜡黄，一脸尬尴，木讷半晌后，终于对审讯的警官和做笔录的女子说了让人不敢信的缘起与经过。她说之所以要接客卖淫换这一百块表，是她的对象是同村人，从小渴望手表，可从一岁长到二十二岁上（她比她的对象大两岁），一生没有买起一块表。打工、挣钱，存够钱想买一块手表时，他的母亲生病了，他又没钱了。卖菜、种地，存的钱除了过日子，又够买块手表时，他的父亲又住院死在医院了，使他不仅买不起一块表，感觉这辈子都买不起一块表。

她像爱弟弟一样爱着他。

她要赠送给他一百块表。

她要在结婚的洞房里，在那贴着“囍”字样的墙壁上，把这一百块手表整整齐齐挂在墙面上。已经九十九块了。只还差一块。而下个月的农历初九日，就是她嫁给他的黄道日。离他们结婚的日子还有十七天。警察问：“你对象知道你在卖淫吗？”她说道：“不知道。”警察又问她：“你对象知道你要送给他一百块手表做结婚礼物吗？”她又说：“不知道——我想给他一个惊喜让他一辈子忘不掉。”

那时候，她因卖淫罪被判有期徒刑整三年，人在离我们县一百多里的劳改场。她的男朋友，每半月去那儿看一次——在那和她一样浑圆的男孩终于答应我同他一块到一百二十里外、又名“红光劳动基地”的劳改场里看她时，我首先到扳倒井村头看了那口泉水旺茂、井筒不知为何是三十度角斜插在大地上的井，无论如何不能理解一口砖壁圆润、长满青苔的井，怎么会在挖井时候斜挖在这隅土地上。不能理解李自成，怎么有能力把大地上的一口竖井扳倒斜歪着，使那井水人一弯腰就能汲出来。我想见了赵雅敏，问她："你知道直挖在地上的井，为啥能够被人扳倒吗？"

她若答"我不知道"，我会对她说："我也不知道——人还不能了解人，人怎么能够了解一口井。"

全改枝

那个地方离我家不到十里路，正东，过去一条河。村庄名为桥东村，村子小得容不下满了嗓子的唤。一百多口人，二十几座小院落，像一片旧衣陈衫飘在山脚下。妻子要跟着另外一个男人走掉了，丈夫和儿子，无论如何挽留不下她。他已经答应她再也不去非洲的坦桑尼亚挖矿打工了。答应她留在坦桑尼亚的东西也不要，这次回来坚决不走了，一定请她留在桥东和他过日子。可她说，不是过不过日子的事，是觉得和人家在一起“心里乱高兴”，和他在一起，高兴不起来。

“我们孩子都十二岁了呀。”他这样说着和提醒她一样。“我知道，”她说道，“我已经三十三岁了，再不过几天高兴日子就没年龄了。”“明年我们家就都能盖起楼房了。”他将楼房和她的未来联系在一起。“盖起来我们就是桥东日子过得最好的一户人家了。”她不为未来所动心，眼前的现实金珠一般滚在她面前。“盖起来你能有人家省会的楼房好？是村里最好的日子还能有郑州人的日子好？”

丈夫哑言了。

省会郑州在日出一般召唤着她。她就坐在他对面，怀里抱着十二岁的儿子说着话，像说春天到来了，万物必将复苏样，脸上是坚定的半白和尴尬，每说一句嘴角都有一丝哆嗦在跳动。她丈夫比她大五岁，三十八岁像四十八岁样，连续几年在由地方政府组织的国外劳工输出队里打着工。修桥、盖楼、挖矿和伐木。虽然是打工，却已经走遍了非洲的几个国家和二十几座城。不过他说最好的肯尼亚的首都也没洛阳好。又说人家比我们好了也不用我们去修桥、铺路、挖矿了。他已劳工输出了整五年，脸色都成了非洲黑人的亮油色，而那黑人的老相也摆在那种油亮上，宛若中国的货柜上，摆着非洲的黑木老人雕。他是两个半月前接到她的三个电话后，而在三天之前回来的。第一个电话催他回来时，他说跑一趟机票钱盖房子能买一堵墙的砖。接到第二个催他回来的电话时，他说有啥事儿呀，我不是去年刚回嘛。第三个电话她给他打去时，她在她家院里的黄昏中，他在离坦桑尼亚原首都达累斯萨拉姆还有二百多里的一座矿山上，时差五小时，正午的阳光在他头顶像从空中倒下来的火。“再不回来你就别说我没良心，也别骂我不要脸，回来不见我也别到处去找我！”这是她在电话上最后逼他回来说的话。挂了电话后的两个月，她再也没有和他通电话。他打回电话时，手机在桌上响得跳起来，她也有意不接那电话，以不言催他赶快回来和她去离婚，听她最后和他摊牌说那一排子话。

他在接到她最后一个电话的两个月后回来了。

之所以夏天催逼要等到初秋才回来，一是他觉得，她让他回来，无非是女人想要男人了，想了忍忍也就过去了。二是他初中没毕业，文化低，没有在国外独立转机之能力。现在回来公司有个领班的，大学生，也要回来，正好路上有个伴。可他一回来、一进门、一把行李放在三间堂屋正间的凳子上，她就竖在屋门口，直愣愣地望着他。没有问他“你回了？”也没有如往年一模样，上前一步把他的行李接下来，慌忙去给他端水洗脸或者给他倒上一杯急待喝的水。望着他从大门走进来，穿过院子走进上房屋，直到放下行李对她说：“渴死了，给我倒杯水。”她都惊惊怔怔站在门口上，像他突然进门把她吓着了，如是她遇了一个走错门的陌生人。这样犹豫一会儿，她还是去给他倒了一杯水。待他仰头咕咕喝完水，放下杯，扭过头来看她时，她就和他保持距离竖在门口上，对他说了那句话：“我有男人了。”

他和没有听清一样盯着她。

“郑州人。”她开始有些平静起来着，说着那些话，像上街赶集遇到了一件什么事，“对你说，我想来想去还是想要嫁给他。催你回来就是咱俩去离婚，你让我嫁给他。”他就一直一直如不知发生了什么事，看着她，像她也是走错门的一个陌生人。而她也就陌生人对着陌生人样说，她是三个月前去镇上赶集时，一猛不慎和他认识的。那天他从省会郑州到镇上来推销他家百来吨的钢筋和三角铁，谈完生意后，住在镇上的宾馆套间里。他出门买水果。她就正在那楼下卖他们家的夏熟桃。他买她的桃时他们认识了。她跟着他去了宾馆楼上的套间里。第二天，她把孩子送到学校后，她又去了镇上他的套间里。第三天，他没回郑州，她又去了他的套间里。说现在他们有了感情了，她要和他离婚嫁给他。听她说到这儿，他本来是想从凳子上跳起来，冲将过去朝她脸上掴打几耳光，可他猛地站起时，屁股上的裤子被钉子挂破了，一股凉风猛地吹进他的后身上，使他木然站在原地了。

“他多大？”

“大我二十几岁吧。”

“他是你爹呀！”

“是爹是爹吧，我就是喜欢他。”

怔怔地立在屋中央，他又想操起一根棍子打过去，可扭头找棍时，看见的却是他回来提的别人卖给他的二手大皮箱。那箱里是他给她和儿子买的衣服、礼物和一个非洲羊羔皮。羊羔皮柔软白亮，铺在床上冬天像铺着一个电热毯。

“你不嫌丢人吗？”

“这有什么呀，现在到处都是这事呀！”

“儿子都已经记事了，你不怕儿子记住恨你一辈子？”

她就把儿子在怀里紧紧抱一下，还扭头去看看儿子的脸，见儿子平静木然的脸色里，有着对不起父亲的内疚和说不清楚的表情时，她接着对他说，她已经做好儿子的工作了，儿子他要了，她就忍疼割爱留下来。如果那男人真心对他们儿子好，希望他让她把儿子带到郑州去。毕竟郑州的学校教育要比镇上和县里教育好。说孩子的后爹现在答应和亲生一样对她儿子好。

丈夫便恨恨恶恶盯她一眼睛，狠狠朝她面前地上“呸”了一口痰。这一“呸”，是他对她最强烈的反应和回答。然后他就答应她走了。“你滚吧！”他这样说，并让她越早越快离开越为好。然而那时天黑了，她必须再在这个家里住一夜，于是她去为他烧了饭。还最后给他洗了一次衣，连夜把屋里收拾摆放得从来都没有像那天那么整洁过。到晚上睡觉时，他睡一间屋，她和儿子睡在另一间，待儿子睡着了，她摸黑过去站在他床前，问他说：“你不打我一顿吗？”她见他在床上动动身子没说话，她又对他说：“我们有一年没有见面了，你想要我了，我可以最后陪你睡一夜。”

关于仝改枝的事情我们那儿所有的人都知道。在很长一段时间里，这个桃色故事点缀着人们生活的无聊和单调。我听了这个故事后，特意去走访了仝改枝的丈夫吴成民，和他在他家的院里坐了半天他才开口向我说了上边的事，并嘱我下次去郑州，替他去找找他的妻子仝改枝，看她到底过得怎么样。说她过得不好回来他还要她，毕竟夫妻一场着，毕竟孩子在家总是想他妈。他说其实他也可以到郑州去找她，可他怕到了郑州找到她，不知道见面该对她说些啥。是“说些啥”把他难住了。于是就这么一年二年的，整整三年都没有去郑州找过她。如此就在今年三月初，我和省电视台的一个朋友七寻八问着，在郑州一家医院找到了我的同乡仝改枝。她在那家医院当护工。我在她下班时候请她吃了一顿饭。她说她已经和那大她二十几岁的男人分手了。说分手不是因为他年龄大，是因为他骗了她，隐瞒了他有老婆有家的事。说虽然他骗了她，她一点不恨他，毕竟他让她过了二年好日子，并且还在分手后给了她一间房。说现在她和这医院的一个男子护工共同住在那房里，男护工也有老婆有孩子，他们眼下是临时搭帮过日子。

我问她："你不打算回桥东村了吗？你不想你丈夫和儿子吗？"

她犹豫一下朝我摇摇头，接着尴尬地笑笑说了几句相当惊人的话。

"不怕你笑话，也不怕你写出来——我和吴成民结婚十几年，在床上从来都不知道高潮是咋儿一回事。三十三岁第一次高潮是在镇上宾馆野合时，是郑州这个男人给我的。现在我和我这个男人在一起，两个人每天都觉得那事特别好。"

接下来，轮到我无言以对了。

她的命运似乎是"高潮"的光亮在引导照亮着。可是我觉得，她的命运无论是高潮或低潮，往东或往西，走上或走下，最终都是走在同一路道上，结局早在前边等着她。我已经知道她的命运结局了，可我就是不知该对她说些什么好。就那么愣愣看着小店窗口下面明显变白了的仝改枝，直到她从沉默中抬头望着我：

"——你说人是不是因为'那事'就离婚，活在世上就不是人？"

我不知道该怎样回答她，但对她有着莫名的理解和欣慰。

"——为了那事儿，为了有高潮我落到今天不后悔。"

我一直都在盯着她，一直都在想着原来我家乡也有这样前卫、先锋的女性。尽管她长得并不好，身上还有一股医院的药杂味，然无论如何说，她身上还充满着一个女人面对世界的灵视和尖锐，是我家乡那块土地上，独一无二、与众不同的女性的超然和光。

杨翠

二〇一八年夏，我家乡的一条河发了水，那水漫到河边屋子里，不知怎么水退后，从那屋里露出一具死尸来。警察到那水库上游河边的两间塌屋时，时间、季节和流水，把那屋里冲得七糟八乱，柴草、木棒和塑料袋，仿佛寻找自由又找不到自由的门扉在哪儿，就这儿堆一点，那儿堆一点。尸体埋在那两间塌屋的里角上，水退后露出一只腐烂的手。这只手，把谈恋爱的一对男女吓坏了。先是县里公安局，后是市公安局，最后听说省里公安厅的技侦人员也下了乡。

女尸的名字叫杨翠。五十七岁零三个月，杀她的凶手是她儿子马小飞。杀了母亲后，马小飞就去深圳打工了。当公安从深圳把他抓了回来时，他还对公安人员很文明地说了一句“谢谢你们抓了我”。审讯的过程简单得如找到钥匙打开一把锁——在押回的路途上，凶手一五一十叙述了他起心杀母的心路和过程，且叙述得动之以情，晓之以理，连押解他的警察都掉了泪——原来死者杨翠在三十三年前，和城里一个叫关正朋的男人有来往。然那姓关的，当时有妻子，有女儿（又是这样儿），说离婚又总是离不掉，最后杨翠怀着他的孩子要生了，不得不仓促嫁给山南她现在的丈夫马川子。马川子大她整十岁，人老实，肯干活，少说话，杨翠嫁过来不到两个月，就生了儿子马小飞。马川子当然知道这儿子不是他儿子。但他对儿子和亲生儿子样，没有半点的隔阂和生疏。有次村里有人指着他儿子说是私生子，他还和村人打过架。然他和妻子杨翠的关系倒是说不上好或者不好了。

“可能我母亲一辈子心都在原来那个男人身上吧。”

这是马小飞几十页口供中的一句话。这句话说出了这起凶杀案全部的秘密和根基。没有人能体会一个女人和一个男人分手后，在和另一个男人过了三十三年的日子里，她心里装的永远还是原来那男人。永远都没有把心给过现在这男人。若不是原来那个男人生病住院快死了，消息在三十三年后传到了已经不是二十四岁的杨翠耳朵里，那就什么事情也没有。生活倘是一潭死着的水，最怕的是风生水起或一块够大的石头落在水潭里。世间所有能被人称为人生的，都必然是风生水起和卷起涟漪的事。事情就在他们分手的三十三年后，消息传来了，说那叫关正朋的人，病危住院了，在昏迷中呼唤的人的名字是杨翠。她就在三十三年后的五十七岁时，又偷偷去县医院的病床前，和那个男人见面了。在医院他们见面说了什么话，做了什么事，至今都是猜测和想象，然她回来事情就不再一样了。人也不再一样了。做饭时她把味精当盐撒在饭锅里。切菜时，她把菜叶扔到垃圾桶，把菜根当菜炒进菜锅里。最为严重时，还半夜不睡坐在院里呜呜地哭。就这样，折腾了半月后，她又要去县里医院看那情人关正朋，丈夫不让去，他们吵起来，后来打起来。已经六十七岁的马川子，不仅朝她脸上打了两耳光，还一把将她推倒在了床头上，肋骨在床头撞裂开了一条缝。

她终于向丈夫提出离婚了。

马川子当然不同意。这都过了三十三年了，孩子都出生养到三十三岁了。孩子的孩子都一个八岁、一个五岁了，他们彼此都成了爷爷、奶奶了，怎么能说离婚就去离婚呢。于是吵架、摔碗，把锅当成飞碟在空中扔。最后在一天半夜间，马小飞正在屋里睡着时，被母亲叫醒起来商量她要离婚的事。马小飞丝毫不犹豫地站在养父这一边，劝了母亲又回屋睡觉了。第二天，母亲一天没说话，不烧饭，不吃饭。第三天，她仍然不说话也不吃饭，就那么死死默默着，到午饭过后因为丈夫在家里，她想说什么不合适，就把儿子叫到村外河边上。因为河边上总是人来人往着，又多是村人或熟人，他们就逆河向上走，到了二里外从前遗弃的一个磨坊里。磨坊里所有的设备都已不在了，连石磨和架砌石磨的砖石都被村人运走盖房了。除了上一代人的记忆外，似乎已经没人知道这两间破败的瓦屋曾经是磨坊。就在这水磨坊欲塌未塌的屋子外，这对母子找到了荒芜和宁静。在这儿，母亲告诉儿子说，因为他的养父不离婚，她准备逃开他的养父去和原来的情人过着了。说医生说，关正朋的脑瘤虽然有点重，但心情好、生活好，再活三年五年没问题。说现在，他的妻子二年前已经下世了，女儿读书、嫁人在河北石家庄。说眼下只有她去照顾侍候他。说这是老天安排让她可以最后和他过几年。可这过几年，就必须是离婚嫁给他。这边不离婚，那边不结婚，她去侍奉他就不叫过几年，而叫混几年。“过”和“混”是有本质区别的。有结婚证才叫一个家，没有结婚证那就不叫家。没结婚她若过去混，会让所有认识她的和关正朋左邻右舍的，把她骂成不是人，猪狗都不如。然现在她的丈夫、马小飞的养父却又宁死不离婚，她又通宵通宵睡不着，半个月人就瘦了十余斤。想到原来的情人关正朋，她恨不得一下飞到他的床边上。说她现在忽然想通了，想等关正朋的病一轻，两个人就逃到山里没有人家的地方住。可关正朋住院这一年，把他家的钱给花光了。把他女儿家的钱也给花光了——花得他一打电话，女儿都不敢接他电话了。说现在唯一的办法是，让她儿子马小飞，把自己的十万存款拿出五万、八万来，让他和医院结了账，随她到山里水好空气好的地方住。当然她也还对她儿子说，她知道她这样做儿子一定不答应，但还有第二个方法来解决这问题，那就是一了百了让她死。她死了她就不再想那情人了。她死了马川子也不用为离不离婚的事犯愁打她了。她死了，儿子也不用为钱和名誉及谁是亲爹、养父的事情闹心了。说现在，她已经决定要死了。摆在儿子面前只有两条路，一是给她五万、八万块钱让她走，让她这辈子能和爱了一生的人过几年。二是帮她把她勒死在这荒野无人处，一了百了什么都不用再想了。说完她当真从自己口袋取出了一根手机充电器的线，扑通一下跪在儿子面前和那四野无人的河滩上，把一米多长的充电线，一绕捆在了自己脖子上，抬头用“不这样就那样”的目光盯着他。在见到儿子束手无策、急得去地上拉着她，反复地说着“妈！你别这样，你别这样”的那一刻，她朝儿子说了一句至关重要的话。

她说道：“小飞，关正朋是你的亲生父亲呀，你就拿出五万、八万给我吧！”

马小飞就在这句话后做出抉择了。

他想了想，怔一会儿，果然心一横，把母亲勒死在了两边都是空山的河边上，然后把她拖到水磨坊，坐在死了的母亲身边抽了半晌烟。天黑后，又回村拿了铁锨把母亲埋在了老屋墙角下。

第二天，他带着妻子、儿子到深圳打工了。

二年后，山洪把这屋里的埋尸冲露出来了一只腐烂的手。那只手惊吓了一对恋人又把警察招来了。在凶手被从深圳押解回来的火车上，他懊恼地道出了作案的心路和过程，使得侦破如竹筒倒豆般。而在例行审讯时，将马川子带来问他为什么二年来老婆失踪了，他都不去寻找老婆时，他说：“我以为她去和她前边的男人过着了。”而当一切都真相大白后，警察悄悄对马小飞说了一句话：“关正朋听说你妈死了，第二天也在医院死掉了。早知今日，你还不如给你妈五万、八万让她去和你生父过，而你就留在养父身边上——两全其美的事，让你弄成了现在这样子。”

马小飞那时望着警察一本正经的脸，也一本正经地朝着警察点点头。但在和养父告别时，他戴着手铐去抱着养父交代说：“爹——谢谢你这辈子对我好。但等我被枪毙后，你让我跪着把我埋在娘的坟前边。”

王萍萍

王萍萍的杀夫埋尸案，已经过去了十二年、四十八个季节才被发现告破。整个发现、报案、侦破的过程宛若虚构的一部劣质小说样。有一天，已经六十八岁的王萍萍的婆婆做了一个梦，梦见丢失十二年的儿子被人埋在厨房地下边，于是去镇上派出所的警察那儿报了案。派出所是有案必究的，哪怕是应酬，何况十二年前老人的儿子真的丢失了。于是派个警察到了她家厨房里，用一根木头在厨房不足十平米的水泥地上砰砰砰地捣，就听到地上发出有嗡嗡的空洞声音来。警察警惕起来了，告诉围观的群众什么都没有，替婆婆锁了厨房门，回了镇上的派出所。

晚上十二点，一辆警车和四个警察来到婆婆家，挖开厨房地上的水泥板，找到了婆婆丢失了十二年的儿子的骨头和衣服扣，还有未彻底腐烂的皮鞋底。再问婆婆这水泥地是谁打在厨房的，婆婆说是她儿媳妇。说十二年前的某一天，儿媳在厨房做饭总有水洒在土地上，洒上土就变成了泥，她就买了水泥拉回来，从河滩挖了沙子运回来，自己拌拌把水泥抹在糊在厨房地上了。问她儿子是什么时候丢失的，婆婆说，儿子爱喝酒，爱打麻将牌，经常三天、五天不回家，也就是儿媳说打水泥地的前几天，他出门再也没有回来过。说最初一些日子她和儿媳还去镇上和县城的赌场找过她儿子，可找不到也就回来了。

找不到也就慢慢不找了。

找不到，儿媳也就常回娘家去住了。

回到娘家一些日子也就重新嫁人了。

嫁得非常远，嫁在哪儿她都不知道。说她一直以为儿子是出门打牌或干了别的啥事儿，出了事故死在哪儿了，怎么也没想到，他会被埋在厨房地底下。说十二年来，她都在厨房做饭和吃饭，有时吃饭就蹲在厨房的地上吃，可她哪知道，她是在儿子的身上、头上做饭和吃饭。

“我儿子是冤死的。冤死到实在受不了，才托梦给我说，他被埋在厨房的水泥地底下。”老人对警察和村人反复反复地这样哭着道。可她人老了，起初哭着、说着还满脸泪，后来哭着说着脸上没泪了。

半月后，老人的儿媳王萍萍，被从很远很远的南阳一个县的山里带了回来了。十二年前，她还不足三十岁，十二年后她都过了四十岁。十二年前她的个头刚刚到一米五，十二年后她年龄上去了，个头一点也没长。矮小、瘦黑，头发也稀疏，圆脸倒是周正不算丑。这边的警察和南阳当地的警察翻山驱车到她家里抓她时，她正在她家的厨房烧着饭，九岁的大女儿在厨房门口写作业。六岁的男孩在厨房门口看他姐姐写作业。老三女儿已经三岁半，在厨房拉着她的衣襟儿。第四个孩子已经怀孕七个月，在她的肚里动来跳去着，使她的肚子鼓得像要破开样。警察突然出现在她家的瓦房小院里，看的人一群又一群。警察在她的厨房里边问她说："你是不是叫王萍萍？"她说："是。"警察说："你和我们去一下，有点事要问问你。"她就很惊讶地反问警察道："去哪儿？我饭都还没烧好呢。我的娃们要等着吃饭哪。"警察拉她走，她挣着身子说："啥事呀，啥事也得等着我把饭做好。"

最后警察急起来，便婉转大声地问了她一句话："你原来的丈夫是不是你娘家邻村的刘一狗？"

她像忽然记起什么了。脸色白起来，汗如雨样挂在额门上。这时她什么也没说，顺从地跟着警察从厨房出来了，咬着嘴唇把惊恐的一男二女都在怀里抱了抱，看看不知发生了什么事的丈夫后，跟着警察朝门外拖着步子走过去。就这样，她被从南阳带回到老家后，人们想起十八年前她二十三岁时，嫁给了个头一米八高、离她娘家八里路的河营村的刘一狗。那时她知道她是因为刘一狗的高大、帅气她才嫁他的，但她不太能说清刘一狗那么高武、朗俊为什么会娶她。然在结婚后，她渐渐知道了。原来丈夫在村里是有名的赌棍还偷盗。更糟糕的事情是，结婚后他们和婆婆分开住，两个院子隔着一条街，这就给她丈夫了一个独立的空间和方便，使他不仅不断去外面找女人鬼混不回家，喝点酒回来还会拉着她无端打一顿。饭里盐多了，他会给她一耳光。唤叫她两声倘若没回应，一只鞋或一块砖头就远远掷抛过去了。家暴仿佛雷阵雨。而且更令人羞耻和恐怖的，是她丈夫有时会把外面不知姓名的女人带回家里住。他们在屋里床上睡，让她去厨房给他们烧饭和炒菜。为了日子她答应他可以在外面找女人，但求他别把女人带回家。可他还是要把女人带回家，让她为他们烧饭和炒菜。十二年前的六月二十一日傍晚时，他把镇上理发馆的一个按摩小姐带回家里了。他们在床上搞，让她站在床边看，说让她学学那姑娘的姿势和技巧。后来那姑娘走掉了，他在家喝了一些酒，让她像那姑娘一样在床上侍候他。

她不干，他就再次暴打了。

一耳光打掉她三颗牙，血从嘴里流淌如喷将出来样。那时她起杀意了。杀意一起仿佛开闸放出去的水。闸门关合不上了。水也不会倒流了。后来几天她变得温顺而柔媚，他让怎么侍候他她就怎么侍候他。想喝酒了给他烧菜去。不喝酒了她还问他你咋不喝一点酒？那几天，他对她的评价是："这还差不多！"这就到六月二十七日那一天，她的投毒计划和决心准备到不差什么时，他又喝了很多酒，因为炒黄瓜里忘放盐了他又踢了她一脚。这一脚，是死亡的临门之一脚。于是就在酒后他要喝水时，那杯淡黄色的水，让他再也没有醒过来。这位有一百一十公斤的男人成为死尸后，在厨房角落的一堆柴里埋了一整天，之后被那个只有四十五公斤的女人的谋杀计划埋在厨房的水泥地下了。警察问为什么要埋在厨房而不是院里、屋内和村外，她回答警察说："我拖不动他呀，那么重，我只能他死在哪儿就把他埋在哪儿。"说她是在厨房为他烧水调制敌敌畏的茶水时——怕他不喝她用开水化了白糖又倒在了装敌敌畏的杯子里，这时他刚好自己到了厨房里。

警察问："你不知道敌敌畏本来有甜味？"

王萍萍："不知道。我也不敢尝。"

警察问："他是喝了就当场死的吗？"

王萍萍："过了一会儿，喝了只是肠绞痛，想说啥没有说出就倒在厨房了。"

警察问："他怎么到了厨房里？"

王萍萍："他口渴，急着要水喝水，叫了我两声不见有回应，就自己到了厨房里。那时我刚好端着水，要离开厨房他就进去了。"

警察说："你给他喝前你们说了什么话？"

王萍萍："他进厨房骂了我一句'死猪——听不见吗'，我就把杯子递给了他。"

儿子失踪后，没有多久母亲就搬了回来住。搬回来她就时常梦到她儿子。这一梦多年使案件告破后，王萍萍被县里关押时，在她婆婆和警察谁都认定从厨房挖出的腐骨、衣扣和鞋子是谁的留存后，还是又经过了 DNA 的检查和中毒骨质之化验，从而以科学的名义认定了王萍萍确实是凶手。婆婆去公安局那一间铁窗屋里见了王萍萍，隔着窗子对她说："这十几年你没有回来看过我。你要看过我一次，我就是梦到我儿子死在灶房我也不会去报案。"王萍萍看着婆婆先是什么也没说，后来在婆婆要走时，却笑了一下道："我都生了三个娃子啦，肚子里怀着第四个。我哪有时间回来看你呀。"说到这儿她又停下来，想了一会儿接着道，"娘——有件事情我得跟你说清楚——不会生娃不是我的事，是你们家的事。"

这个杀夫案到这儿也就结束了。

婆婆走后一个月，王萍萍也被放了出去。她是孕妇快要生娃了，且鉴于死者生前不仅家暴还恶暴，使她罪可缓减，被判为监外执行多少年。

一桩奇案也就这样了结了。

吴芝敏

吴芝敏是我家那儿少而又少的同性恋，她结婚后不能忍受和丈夫在同一张床上睡，而不是和她的“闺密”睡在一间屋子里，于是她的丈夫成了她的情敌了，就把丈夫杀掉了。我们那儿的人，无论如何想不明白这桩事。以为这桩事是城里之丑闻，只应该发生在城市里，比如北京、上海、广州或深圳，而不应该发生在我们那块土地上。这例案是河南电视台法制频道主持节目的朋友告诉我的“奇案调查”了解到的事，而我听后首先和“那块土地上的人”一样怔了怔，想“原来我老家也有这样的事！”之后不到二十天，我就与她一起到了距郑州不远的河南省女子监狱里。监狱在离郑州三十公里的山坡上，公路、树木、高墙、哨兵和高墙内的平房、楼屋、监舍、车间、饭堂、操场（放风场）和探监区。一切都和电影、电视上见的监狱一样或者差不多。如果一定要找到不同时，我觉得那儿的空气要比郑州、北京好得多，天也蓝得多。因为监狱是建在黄河边缓慢起高的一座山坡间，几乎就在山坡顶端上。缘于电视台法制频道和监狱的合作之关系，去见吴芝敏并不比去见我邻家难多少。无非是驱车、电话、停车、取证件，登记签字后，拿着矿泉水朝会客室里走着四下张望着。我们不是隔着铁窗在会客区和犯人见面的，而是在一幢三层楼的二层门口有哨兵的两间屋子里。我、节目主持人和一个司法部门管宣传的警察及监狱的副监狱长——他的部下有时简称他为“监副”或直接称他“监狱长”。四个人围着一张小于乒乓球案的大桌子，十月的阳光从有玻璃和钢条的窗里透进来，钢条的黑影落在地上像涂在地上的墨水直线样。吴芝敏戴着手铐被一个武警士兵带来后，士兵向他的监副点点头，自己退将出去了。我们都把目光朝着这个丈夫睡熟时、用铁锤在丈夫头上砸了七锤的凶犯望过去。别人的目光是见怪不怪的样，只有我，惊得不仅睁大了眼，而且似乎嘴也张大在了半空里。她还不到三十岁，高个、面黄、短发，眼睛很漂亮，但嘴和鼻子总感觉和她的眼睛不协调，仿佛眼是别人的，只是暂时长在她脸上，或是她略塌的鼻子和稍显宽的嘴，不是她的，是父母强硬把这嘴和鼻子按在了她的眼睛下。身材好，一米七的个，穿了略微显肥的白号服，胸上的编号是“328”——倒是一组好数字。她站在那儿望望大家后，很机械地主动用河南豫西方言道：“大家好，你们问我啥儿我一定答啥儿。”这主动和诚实，让狱警们脸上有了神秘而功有所成的笑。只有我为这主动的诚实感到惊愕和不解。然后司法警官——监副就让她坐在我对面案角上，自己站起来要走开的样："坦白从宽的话不用再说了，好好配合，争取减刑，这对你是最好、最好的机会了。"吴芝敏就对高大的监副点着头，将手藏起放在面前桌子下。这时我从桌板边，看到她的手铐像有很多人戴过的一副旧手铐，镀光漆已经在最易受磨的下边掉了光，露出半黄半白的底色来，如漫长的时间来到晚间呈现出的模糊般。我看看那手铐，又看了一眼监副的脸，监副明白我是问他手铐不能取下吗？他用目光说了不行还又摇了一下头，然后也就出去了。会客室（也许是监狱的简易会议室）就剩下我与宣传、文字相关的几个人。

一场沉闷、难忘而机械的问答（采访）也便开始了。

"我们是同乡，我家离你家开车不到一小时，我就是好奇农村也会有这种事。"这是我的开场白。

吴芝敏用奇怪的目光看我一眼后，又迅速让目光回到"我是犯人"的角色里，嘴角起了一层淡黄色的笑："你想知道啥？"

"你……你是怎么发现自己——喜欢女性不是男性呢？"

"我还和以前那样从头说起吧，"再看了一眼坐在她右边的司法警官后，她像申请得到了批准一样说起来，"小时候，我不喜欢和男孩们一起玩耍和上学。那时我以为因为我是女孩儿，自然不喜和男孩在一起。可是到了初中后，班里大多女孩一边说讨厌男同学，又一边都喜欢和男的在一起。下地干活或上街去赶集，女孩们也喜欢和男的搭伴一道儿，说可以让男的帮助扛扛东西啥儿的。然而我，就是不愿和男人、男孩搭伴结帮儿。我喜欢和女的搭伴结伙儿。喜欢和比我长得高些、胖些、年龄差不多的女的搭伴结帮儿。农村人都说‘男女搭配，干活不累’——很多女的都听了这话笑一笑，因为这话和调情差不多。可我听了这话身上会哆嗦一下子，像有男人的手在我身上摸着、爬着样。我喜欢干啥都和女的在一起。读高中时，班里有男女学生偷偷恋爱了，大家会在宿舍不断地问初恋是啥儿味道和咋样儿，那些恋爱的，不说大家就把她按在床上揉她、打闹她，闹急了她会说一句‘拉手和过电样’。会说‘亲嘴人会晕’。就有很多女同学去想那‘过电’和‘晕’是啥感觉。都想有一天，也要试一试。还在宿舍‘分’班里男同学，把这个男的分给你，把那个男的分给她。分了大家就闹、就会幻想男同学，我就一冷猛地想，分给我一个女的该多好——这念头吓了我一跳！可从此，这念头就一棵草、一棵树样长在我的脑里了。

“越长越大了。

“就到高三了。

“高三是住校。高三过完年开学第三天，一世界的大雪一世界的白，晚上睡觉冷得很。睡我上铺的女生叫柳雅玲，她说她的被子薄，想下来和我一起睡。她就下来了。她刚钻我被窝时，我先还觉得身上哪儿不舒服，有很怪又很想的感觉在身上痒痒爬爬着。后来她的手，不知是无意还是有意在我被窝、在我胸上碰了一下儿。这一碰，我身上一哆嗦，我知道恋爱的同学说的‘过电’和‘晕’的感觉了。那时我惊在床上不敢动，像一动床会塌了样。可就在这我惊着不动时，她的手又轻轻碰在我另外一个的那个上……乳房上……然后我就浑身出汗，一下朝她身上扑过去……

“有了那一夜，我俩就每夜都钻在一个被窝里。冬天说天冷在一起，天热了就睡到半夜不是她下床，就是我爬到上铺和她在一起。那些年，在县三高读书的都是一间屋子两个上下铺，四个同学一间屋，我和柳雅玲生怕另外两个同学看见我俩‘好’，越是有人越不往一起去，没人了恨不得两个人捆在一起、拴在一起不分开。也许是那时同学们都忙着功课考学吧，宿舍里的班里的，竟没有发现我和柳雅玲是一对儿。后来都忙着高考了。后来柳雅玲考上郑州大学了。我也是应该考上郑大或河南大学的，可那时，我觉得我爱柳雅玲比柳雅玲爱我多一些，好像她能离开我，而我离不开她。结果人家就考上大学了，我就落榜了。

“柳雅玲是城里人。父亲是我们县林牧局的正局长。我是地地道道的农村人，父亲母亲不仅都种地，连一个生意也不会做。如果我是男孩子，父母是会让我复读再考的，可我没有考上学，是女孩，父母说算了吧。其实我要坚持去复读，我父母也会答应的，可我没坚持。我觉得我就是复读考上了，我也追不上柳雅玲——人家是一个城里人，父亲是局长。何况同性恋爱这事儿——在咱们那儿怎么行得通……

“现在想，我要复读就好了——复读考上学，我就会是另外的命运而不是今天这样儿。我今天这样不怪柳雅玲，也不怪我丈夫彭大明。落到今天只怪我自己。一想起我丈夫我就觉得我死有余辜了。对不起人家彭大明！对不起我丈夫一家人！他父亲、母亲都六十多岁了，母亲身体又不好，常年躺在病床上，就这一个儿子，我不仅害了人家儿子，我还害了人家一家人。而且说，结婚这四年，我公公婆婆连半点对不起我的地方都没有。”

说到这儿，吴芝敏开始哭起来。趴在桌子上哭得直不起身，抽搐着让手腕上的手铐把桌子敲得啪啪响。主持人把擦泪的纸巾朝她递过去。我把一瓶矿泉水朝她递过去。司法局的宣传干警去晃晃她的肩膀让她不要哭，让她止哭以后接着说下去。她也就终于止了哭，接着说时有的地方没有前边说得翔实了，有了一些省略和含蓄。

“柳雅玲考上大学后，人家说走就要走了。就这么，人家去郑州读了书。我留在家里种地了，和别的恋人一样劳燕分飞、不相往来了。

“就这样，我和柳雅玲分手再也没有见过面。连她的一点儿消息也没有。我以为人家在郑州一定又有别的朋友了，这样我也试着想在家里见见男的谈朋友。结婚前，我见过三个男对象，可我就是死都没有兴趣和人家坐在一起说话吃顿饭。有一个条件相当好，是军官，长得也帅气，可他在没人的时候去拉我的手，我几次都躲着没有让他拉。后来就这样不冷不热分手了。

“这样我就过了二十五岁、二十六岁了。二十五六岁，在咱们那儿，不光是大龄，你不结婚谈朋友，所有的人都会以为你有啥儿病。

我要是生在城市就好了。人家说在大城市同性恋不仅别人都理解，还是时尚哪。说有的父母还支持儿女那样儿。可是在农村，同性恋谁敢让外人知道一点儿?

“二十七岁那年我结婚了，男人就是彭大明。他人很好，小学老师，家里有房也有车。按说他不该和我这样对男人冷淡的女人结婚在一起，可他因为是二婚——媳妇结婚一年有了绝症了，第二年年纪轻轻死掉了。彭大明比我大五岁，结婚时他都三十二岁了。我俩没有谈恋爱，见了几次也就结婚了。结了婚，也有男女那事儿，可事后我就是感到恶心不舒服，会下床去厕所哇哇吐，会偷偷摸摸洗身子。开始我还配合他有那事儿，后来我就不再配合了，他想要了我总是对他说‘我现在不想要孩子……’

“彭大明——我丈夫绝对是好人。他以为我的性冷淡，是因为他是二婚才会冷淡他，于是就越发对我好。每天去镇上教书走十几里路，回来不是给我买喝的就是带吃的。这时候，柳雅玲不再出现就好了。不出现也许我哪天怀孕了，生了孩子也就一生围着孩子把喜女不喜男的事情忘了纠正过来了。可是这时候，柳雅玲又重新出现了——是去年底，十二月初，星期一，彭大明去学校上课了，我正在家里做着啥，柳雅玲突然出现在我家里。她还那样儿，大高个，留短发，肩膀有些宽，脸色是润红又挂淡黑色，是只有我能看出来的一种男人味。下身是牛仔裤，脚上是运动鞋，上衣是灰色的阿迪达斯的运动服。别人不知道会觉得她是热爱运动的那种女性或女人，可是我知道，她为啥不爱运动只是爱穿运动服。她立在我家门口盯着我，看了多久我不知道，可我一扭头，看见她时我手里拿的正扫院子的扫帚掉在地上了……

“十一月初那天天气不太好，灰蒙蒙的好像下雨又好像要下雪。天气说冷还不是特别冷。我俩很长时间就那么看着没说话。一句都没说。就那么看了很久后，她朝我走过来。我从她身边过去把大门关上了。关上了门，回来我俩又看了一会儿，泪都流在脸上彼此还是没说一句话。十一年没有见面了，谁都不知该说啥。这时候，我俩谁都体会到了十一年前我们初次在一个被窝那感觉，又一次激动得要晕倒在地上样……可毕竟，又不纯粹是高三快毕业时候那感觉。十一年后，都已经结过婚，对人对事都不是在学校那个时候了。

“那一天，我俩见面半天后，说的第一句话是——她朝我家院里四下看了看，轻声问我‘就你一个人在家吗？’我咬着嘴唇朝她点了头，她就上前一下把我抱在怀里了……

“那一天，她不去找我就好了。我俩永远不见就好了。可她在十一年后又去找了我。我俩重新见了面。那一天，她在我家吃了我为她烧的中午饭。吃饭时，她告诉我说她和我一样是在二十七岁那年结的婚。男的读大学是学计算机，毕业后在郑州几家公司上过班。四年前二十七岁结婚时，男的在一家不大不小的公司做高管，还在郑州新区买了房，可结了婚她对他热络不起来。他对她的冷淡也受不了，结婚一年两人也就又离了。她说她从上大学没有一天忘过我，只是觉得这种事情万万不可能，就一直没有敢来再找我。

“她说她现在想透也想明白了，如果我愿意，可以和她一样离婚去郑州找个工作然后一起过。如果不愿意，她就想这么一个人过上一辈子，或者辞掉工作和‘我们这样的别人’一样到北京、上海、深圳、广州大城市里漂。说大城市里人更开放，我们这样的人别人不仅容忍还理解。

“那一天，我丈夫从学校回来以前她就走掉了。我一直把她送到村头的公路上。我和别的偷情的男女一样隐瞒着我丈夫。可是她一走，我的心就被她带走了。我们就这样和贼一样又来往半年多。她每月从郑州回到县城我都去看她，她回郑州以前也会来村里见见我。这半年，我还去郑州两次住在她那儿——她在一个小区租了房。我每次去在她那儿住一周。这事后来我丈夫还是知道了。纸里包不住火。他发现我和我先前的高中女同学好，始终没有弄明白我和另外一个女的怎么好。他不觉得我是背叛他，只是觉得怪，是我有生理疾病在身上。他夜里总是问我两个女的在床上是怎么一回事……说白了，他就是要知道两个女的在一起，怎么会有男女那事儿。我什么也没和他说。我不知怎么和他说。就这样到了十月间——是去年十月间，我又要去见柳雅玲。她从郑州回来了，她爸妈退休出去旅游了，让她回来看门半个月，柳雅玲让我去她家里住几天——可那时，我丈夫就是不让我出门。他从学校请了假，守着我坚决不让我出门。第一天，第二天，到了第五天，到了第七天……柳雅玲只在城里她家待十天。这样，到了第七天，是周五，我丈夫改了一些带回来的作业睡觉了，也拉着我上床睡觉了。他睡着了，我再也睡不着。脑子乱得很，又乱又涨还热疼，像脑子里着火把头发烧掉脑壳烧焦了。就这么，睡到下半夜，我脑子一片空白又嗡嗡炸响，好像什么都没想，又像什么都在想。我不知道那时候是在什么时候里，是公安局破案的警察计算说，那时应该是晚上三点多。我是九点多些上床睡的觉——冬天冷，人就睡得早。这么算我有六个多小时什么也没想，又可能不停地在想我男人不让我去见柳雅玲的事。我把他当成我的情敌了。我走火入魔了。我像是鬼使神差一样怒火攻心了——下床找到锤子就朝我男人熟睡的头上砸去了。我不知道我朝他砸时用了多大的力，也没有听见锤子砸在他头上，他唤叫没唤叫。更没有数一共在他头上砸了多少锤。是后来我跑了被抓后，公安局的人对我说我最少砸得有七锤，是我活活一锤一锤把我丈夫砸死的……

“太可怕了，现在我都不敢想。血在墙上、床上溅得、流得河一样……

“我就这样把我丈夫砸死了，罪有应得到了这儿了。

“现在想这事——我想我不是农民就好了。是农民不是北方而是南方开放地区的农民就好了。是北方农民我要坚持复读考大学，通过考学离开那儿到城里，到更开放的大城市里就什么事情也没了。可结果，我留在那块土地、那个地方了。我害了彭大明，害了他父母，害了我全家，还有柳雅玲。柳雅玲听说我出了人命案，到郑州辞了工作就不知去哪儿了。到现在，不光我不知道她在哪儿，连公安也不知道她躲到哪儿了。”

……

方榆花

说的都是情伤和情殇，应该说些别的关于女性的生与死。

方榆花，女，三十五周岁，和我同村但不是同一生产小组的人。我家住村外，她家住在村里最老深的一条胡同里，但她家新起的房子盖在离镇上汽车站不远的一排繁华里。能在那繁华里边盖房的，都是村里有地位、有关系、家境较好的村人们。因为在那儿盖了房，将来可以作为门面租出去，也可以自己设计一种生意经营在那房子里。

总之说，方榆花家的好日子，正如曙光一样在她命运的前边等着她。可忽然，今年六月麦熟时候她上吊自杀了。就今年，上吊在她自家麦田的田头上。田头上，有一棵结了不少“灵宝枣”[1]的果树在那儿，

1. 灵宝枣是河南灵宝县的一种特殊品种枣。

小碗一样粗，树枝几条胳膊一样伸在半空里。她就上吊在她家麦田这边的一条胳膊粗的枣枝上。用的是割麦、捆麦、运麦的“拘子绳”。这种绳的一头上，有手指粗的枣树岔枝分开又合扭在一起，圆环形，专门用来捆麦、捆草、捆柴时，那么一穿又一“拘”，绳子就把东西给捆在一起了，所以我们那儿称它为“拘子绳”。她是用这种绳子上吊在了六月正热的田头上。六月的太阳在天上、地下、山脉、平川上，热得如同天空、地下都在一个蒸笼、一堆大火般。小麦昨天穗上还有青颜色，今天就焦穗干粒了，不及时收割就会落穗在田野、路边和麻雀们的肚子里。村村庄庄都在忙收割。家家户户都在忙收割。方榆花家的两块麦田地，一块二亩在离村近的南边上。一块四亩半，在西南更远几里的山坡下。那二亩的麦田已经割完了，四亩半的也割了一半儿，只等割完麦，就可以运到麦场打麦了。可她却在这天的中午把自己上吊拘死在了枣树上。枣树叶全都晒成小卷儿，花生般的青枣在日光中都是亮青色的小球儿。上吊前，她好像是有过准备的，也好像没有准备就上吊了。说她有准备，是她一早把她都已九岁和六岁的一双儿女送到了娘家；说她没准备，是说她昨晚还给在苏州园区打工的丈夫打电话，商量他到底回来割麦还是不回来的事。因为在苏州园区里，打工的农民工们多都回家收麦了，这时他留在园区每天会给他双工资，一月四千八百元，双工资加上降温费和生活补贴费，这个月就是一万多。一万多能买多少粮食啊。一万多能还盖房欠的很大一笔账。最后他们夫妻在电话上算了这笔账，觉得还是应该和往年一样儿，让他留在苏州园区挣这一万多，她在家如往年一样独自割麦、运麦和打麦，最后再把这一季的麦子屯入粮缸里。可是这一季，农历六月中旬的这一天，她已经把麦子快要割完了，临近午时坐在田头枣树下的荫地歇了一会儿，忽然就决定上吊自杀了。

也就自杀了。

方榆花读过几年书，死前她用铅笔头儿在一张纸片上写了这样一句话，算是最后的心声遗书吧：

“我每天每年都相（像）男人一样干活儿。可我不是男人呀！看不到头，不想活了呢。”

她留的这封遗书上，一行字是不分标点符号的。标点符号是我加的。留下这封“我不是男人呀，日子看不到头”的遗书也就上吊了。

也就上吊自杀了。这让我再次、再次地重复着去想那句话，方榆花怎么能死呀，这也就是伸曲不可、又车轮流水的人生啊!

杨采妮

说点高兴的事。说点充满希望之光的我家那块土地上女性生命的绚丽与璀璨。

杨采妮（化名），二十九岁半，身材妖娆，面容姣好，穿戴时尚到人们会以为她的职业是模特、艺术哪一行。一米七几的高个儿，人往那儿一立站，谁都会觉得她至少曾是舞蹈演员或至少是实践过梦想要当舞蹈演员的人。总之说，她身上的文艺气息因为过多会走在路上不断掉下来。意大利鞋、爱马仕包和几乎每天都会不断换一次两次的裙子、披肩或衣裤。没有人能看出她是以土地、农业著称天下的中原河南人。更没有人敢相信，她是河南农村人。再往前一步，无论是我，还是家乡那块土地上的任何一个人，都不会相信她不仅是农村人，而且父母完完全全是以种地为生的庄稼人。我见到她是在北京朝阳区河南同乡组织的一个被称为“有头有脸”的饭局上。因为都是河南人，那天她被饭局的组织者介绍为“河南文艺工作者”，之后大家点头笑笑也就过去了。中国的饭桌文化宽大如湖，深邃如海，没有人会在饭桌上问一个时尚、漂亮的年轻女性的年龄、职业，和饭桌上的某某是什么关系等。饭局是一个无边之江湖，出现在饭局上的漂亮女性都是不可靠近的江湖之灯塔。我当然也是明白这种人生航海理论的人。然而就在那一晚，我与河南菜及茅台酒遭际到了一定时候时，有人喝多倒在了沙发上，有人不断去厕所小便和呕吐，这时候，她从桌子对面过来站到我身边，用很轻的声音对我说：“阎老师，我们是一个县的人。”

在我惊怔时，她又说她离我家只有三十几里路。我家在县北，她家在县南靠着县城边上的县郊村。她说了她家所在的村名儿，然后朝我笑笑说了一句只有我们县的人才可以听懂的方言话，待有两个生意很大的河南同乡呕吐完后从洗漱间里走出来，她又回到了她的座位去。

我们就这样认识了。

后来她到我家吃过两次家乡饭。我知道她自小爱唱地方戏，而且唱得相当好，还去河南电视台的“梨园春”节目打过擂。高中毕业后，她考到了北京戏剧学院读了书。本科毕业留在北京后，也就到了现在很璀璨的生活江湖里。我妻子一见她，就对我惊呼道：“你们县也有长得这么好的人！”再后来，我和我妻子去她的家里看——她在东二环、三环之间买了八十几平的房。小区相当奢华和高档，当年买房时，每平方米均价七万多。现在的均价是翻一番。入门和探监一样难。到她的五号楼十八层的房间时，她的鞋柜把我和妻子吓着了。鞋柜里是一双挨着一双、最少有二十几双的各色花皮鞋，各种高跟和名牌，我妻子说大都是意大利的和法国的名牌鞋。

那一鞋柜的品牌鞋，没有一双我能叫出牌子名称的，但那鞋的款式、光亮和有几双非常奇怪——似乎只供展出、演出才可以穿的鞋，让我们多少知道她的生活脉络了。这些鞋让我和妻子变得拘谨而谨慎——让我们如是看戏却走进了演员们的化妆间，各种艳和乱，各种异香的气息和摆设，如同女性展品后台的屋子或参展办公室。我们就那么惊惊诧诧在门口站了一会儿，接着是她的让座和沏茶，并用胶囊咖啡机，为我和妻子各磨了一杯咖啡后，我们在电视机前工艺品般的红蓝绒布沙发上，木木坐了一会儿，没话找话说了几分钟。不知道她和我妻子说到了哪儿，她就带上我妻子，朝她卧室走过去。接下来的事，是我妻子一进她的卧室后，“哇”地大叫一声对着客厅唤：“——你过来参观一下吧，你看采妮这卧室！”

我被这惊呼召唤过去了。

进了卧室门，当然是首先看到了一个男性不该注目看的女性的床——被褥、枕头、床罩和床头上的绵绸单，相对整洁和绝对亮堂搭配在一起，宛若蓝天乱云又配了雨后的虹，那透光的明亮及鲜艳，使人觉得只有三岁孩子的画，才能配出那颜色。

就在这彩虹艳屋的墙壁上，完全让人难以置信的是四面墙上、柜上、窗户的四边都挂着、摆着各种各样的女性名牌包。床头墙上因为有欧式高尖的床头贴在墙面上，就在墙顶挂了横一排、竖两排的包队伍，形成一个没有拐钩的包包“π”字母。左侧墙下摆了衣柜无法挂包儿，就在五扇立柜门上各自竖挂一排五行儿。右边开着窗的墙，除了窗顶外，其余绕窗二竖一横的挂包都绕带挂成一个汉字部首“凵”形儿。而在床的对面一整雪白的墙壁上，从墙顶到墙下一米高的半壁上，整齐地挂着四排各种各样全世界的名包普拉达、博柏利、迪奥、香奈儿、路易威登和爱马仕等，那些包便宜的一个需要几千元，好一点的一个是几万、十几万乃至二十来万元。红的、黑的、浅黄套有灰白的。还有一种百颜百色组成的包，让人说不清是什么颜色和花样，而且那包的款式是上百种包的款式图案拼接成了一种包款式（后来我妻子说那是 LV 城市符号拼接包）。有一种腰凹式的包，不知是真的假的鳄鱼皮，但那包上的每一鳞片都是一种色，晶黄的，亮白的，艳粉或暗黑，纯灰和月青，一鳞一颜色，一色一鳞片。整个一帧不大的腰包上，有百八十种鳞片颜色结构着，又统一在那呈着耀眼亮光、似粉若褐的整色里。包带儿又细又长，每一公分都镶着一颗钻——我们当然不会相信它是真的钻，可它也不是一般的玻璃品。这个包挂在下数第二行的中间部位上，我妻子在那包前站了站，盯看一会儿，拿起那包带摸了摸，对我说那些晶亮是产自东欧的波西米亚水晶石，然后我就以为这一面墙的名包上，这个包应该是最贵、最贵的一款包——“这个包要多少钱？”我很傻地望着站在我们夫妻身边的杨采妮，她有些羞涩又有些满足地笑着说，这满墙满屋的包，若都是真的需要三四千万人民币，可惜它们一半是假的——超过二十万元的包包全部是假的。说最中间那款挂的假货灰白色的心形包，是美国 Mouawad 公司创作的“一千零一夜”钻石包。真的要两千三百一十九万美元才能去联系定制一个包。说她一辈子死了都买不起那款包，更不会有人舍得替她去买那款包。说她这几年，偏偏朝思暮想都渴望有一款真的一千零一夜的钻石包，每天都在等着有人送她这款包。

我们那一天（让我想到了要集够一百块手表的赵雅敏），在杨采妮那儿吃了我们老家人爱吃的茴香水饺后，就从她那儿回来了。在那儿我们没有问她“文艺工作者”的具体工作内容和专业，没有问她那满屋满墙的包包都是她买的，还是别人送她的。因为我们知道那满墙的包包尽管有一半都是高仿品，但总价值也要二百八十多万元。

顺便说一句，采妮对她爸妈非常好，她给他们买了一套房子在南五环。她每周末都去南五环陪同父母住一夜，在父母那儿吃一天父母烧的家乡饭。

赵栀子

我一定是个内心潮湿、敏于黑暗的人。为了写作这部《她们》中的第七章，我在我家乡洛阳乃至河南文化博古的那块土地上，从这个县走至那个县，从这个村到至那个村，历经各类成败、得失、庸常、光辉和高大的女性采访不下数十例，而被我挑选写作的，却偏偏是读者读到的这几位。作家的内心总是为他的敏感而冲动。我也只能为使我冲动的女性而落笔。就在我们村，有一个女孩十年前被亲戚介绍到了上海做保姆，现在上海她的家政公司已有一百多个人，自己不仅在上海落了户，还在闵行区买了一套房。还有距离我家百里的山区内，有个叫小慧的姑娘高中毕业去广州打了工，听说还在当年的富士康工厂拧过一年半的螺丝钉，之后又在东莞哪儿的车间少过一个手指头，而今她终于用自己的血和汗，把自己积累成了一家外企生产线最不可少的专门制造一种砂轮的工厂总经理。也还许，她的成功不值多少钱，但她从广州开回老家的私家车，其市值是三百二十万元人民币。且她早年还为村里修过一条路，据说也需投资数百万。实在说，作为女性之代表，她们的功成，放在中国的都市也许就是沙漠中的一捧沙，但在我家乡那块国家级贫困帽子还未摘下的土地上，她们足可以如黑夜中的一盏灯，或莽荒空阔中的一条路。倘若我不是我，而是另外一位写作者，完全可以笔走亮色，写出一部关于我家乡伟大女性的赞美诗，但我却在这部史诗中，听到弱女子哀号了。看到女人作为女性的另外命运了——朝着窄门走过去的女人们，背影的悠长和扑向她们灰暗的光。

赵栀子（化名），年龄、长相、工作和其秉性我全然不知道，但她的经历来到我的面前时，我被她女性的人生惊着了。不仅是荒谬让我呆在她命运的夹缝仿若木鸡样，而且缘于她人生的经历给我留下的想象过度现实与宽广，让我把自己落在无边无际的惊愕里面丢失了。我不知道我是站在惊愕深处的哪边儿，也不知道荒谬的边界距我有几里，还是数百上千里，使我的想象如何野狂与奔驰，也无法抵达事物逻辑的真相与根基。

“阎老师，我给你的写作贡献一个你绝对构思不出来的真实故事吧。”

请允许我不说出是谁给我讲了这个故事这番话，总之他就那么略带嘲笑、调侃地哗哗滔滔对我说：“这个故事如果能卖钱，我想能卖一百万或者二百万，但我一分不要就给你了。

“故事的主人翁是你们洛阳人。我知道这事情的里里和外外，但我无法让你见到她本人——她叫赵栀子。河南姑娘很少有叫栀子、蓉儿的，因为我们河南少有栀子花和蓉花树。她叫赵栀子，这总让我想到她的父母一定有一方是南方人。南方人，是我们北方的荣耀金钱黑洞中的光。她不仅和我是同一母校的人，也还是我同一专业的，但我不知道她毕业于哪一届，比我大几岁还是小几岁——恕我就不说她是哪省电视台什么节目的主持人了吧。总之她在电视台主持节目时，和这个省里下属的一个市长熟悉了，后来不仅成了这位市长的女朋友，还为他生了一个胖儿子，使她成了市长命定的情人和小三。这件事情如果到此也就无话可说了，别人的隐私无可非议和挑剔。不用说，谁的隐私都应该得到尊重和保护。然而问题是，当去年反腐的飓风吹到这个市委领导班子内部时，人们发现她不仅是市长的女友和情人，她还是这个市市委书记的女友和情人，也为市委书记生了一个胖儿子。你我都要感谢国家轰轰烈烈的反腐败。没有反腐败，我们根本想不来这故事。阎老师你能想象这样的故事吗？你能想象市长知道她和自己好，也和市委书记好；她给自己生了胖儿子，也给市委书记生了胖儿子。市委书记同时知道她是自己的女朋友，也是市长的女朋友；是自己私生子的妈，也是市长私生子的妈。于是市长和书记，既是情敌又是革命搭档和同志了。彼此间，既有不可调和之矛盾，又有融洽和谐之关系。一条锁链把二者的命运连在一起了，使他们既必须神离而貌合，又必须神合貌不合。他们要一同开会、一同工作、一同调研，又一同学习和发言。他们被你的同乡赵栀子，不得已地捆绑在了一个战车上，成了一损俱损、一荣俱荣的同志和敌人。于是间，这个市委的领导班子竟成了党政最无矛盾、最为团结的典型了。因此这个市的大至改革、引资和发展，小到市政建设的一条路、一栋楼、一条地沟的拆迁和重建，都没有发生过任何矛盾和争吵。为什么？因为他们是一家呀。一损俱损、一荣俱荣呀。可你知道他们不为这些争吵闹矛盾，他们为啥争吵闹矛盾？他们为市里哪家幼儿园更好会争吵，为把哪个特级教师调到哪个小学教他们的儿子闹矛盾！

“这个故事狗血吧？你能想象吗？你能想象赵栀子明明是市长的情人，怎么又变成了市委书记的双料情人呢？怎么先给市长生儿子，后来又给市委书记生了儿子呢？她开始是怎样隐藏这些私情呢？后来又是怎样把这些事情说给市长和书记呢？市长和书记第一次听说自己的同志、搭档是自己的情敌会是什么样子呢？彼此知道后，又坐在同一个会议室里开会学文件，引而不发的心态、表情该是什么样儿呢？

“赵栀子——每周什么时间和市长在一起？又什么时候和市委书记在一起？因为国家反腐而东窗事发后，他们会以什么态度面对纪委和庭审？彼此对赵栀子的爱，会后悔、彻悟还是一如当初呢？

“阎老师，你说这故事若能排演一部真实的纪实话剧该多好！拍一部纪实电影该多好！你能根据这真实的狗血故事写出一部小说吗？写出来是如《安娜·卡列尼娜》和易卜生的《娜拉》那样伟大的女性作品呢，还是一部不值一提的黄色小说的烂品和贱物？

“喂——阎老师，你怎么不说话？你怎么看待你的同乡赵栀子这样的女性呢？是同情、批判、恶心还是欣赏呢？你在你要写的《她们》里，赵栀子身上是闪着我们时代女性的光，还是说到底，她就是这个时代的一朵罂粟花？还是你老家的一朵牡丹国花呢？”

……

尾声

孙女

紫竹园在北京西三环紫竹桥的东北角。紫竹桥在北京紫竹园的西南角。我常常带着我家孙女到紫竹园里去。我孙女也常常带我到紫竹园里去。楼像楼一样，路像路一样，过街天桥像天桥一模样。我们从那楼下、路边、桥顶走过时，看见桥下的车流和水流一模样，看见人流也和水流一模样。于是就觉得，世界上的什么都是一样又不一样着。走云是白的，有时又是黑颜色。落日金黄色，有时又是泥垢黑乌色。

紫竹园的大门总是敞开着，仿佛关门、锁门是一件很累人的事。

公园里栽种在路边各处的竹，紫色的、绿碧的、斑点白色的，都朝路上探头伸着腰，不断地扯拽游人的胳膊和衣袖。青叶抚弄如教宗抚摸信众的头。这一摸，竹子的青气、节气就留在人的头上、身上了。人看世界也许就有节气骨气了，便都在紫竹园的各种回道上，匆匆急急地走，把世界的烦琐恼怒都甩在身后不管不顾了。

广场舞和重音乐，在公园所有、所有的空地上，响得跳得如是无处不在的济南趵突泉。说美是一种美。说躁是一躁。暧昧在那舞里音乐一样流淌着。有人说那跳舞的老人跳着跳着精神一焕发，也就回家离婚了。离婚了也又结婚了。我和孙女不管这些事，有时看着她到舞着的爷、奶群里跳几下，跳几下我们又手拉手地朝前走。荷花比朱自清写的还要美。垂柳比所有国画上的垂柳都要高大、纤弱和飘柔。

游船划在湖水里，宛若肥鸭在水面懒着样。

鸳鸯在河里，像一双一片的柳叶漂在河面闲荡样。

我孙女的手，在我手里如刚出生的小雀被我捧拿着。有时她拉着我的手指头，宛若过街时，拉着盲人粗糙的手杖过街样。世界是暧昧的，也是清晰碧绿的。几年前，我孙女刚刚来到这个世界上，我因为肺栓塞，躺在北京协和医院的ICU重症监护室，各种医疗胶管在身上穿插着，如几个立交桥盘在我的脸上和身上。儿子和儿媳，站在ICU的病房掉着泪。儿媳说如果爸想孙女了，可以把刚出满月的孙女抱进ICU里让我看一看。我朝他们摇了一头，嘟囔出了“她太小，这里是医院”的一句话，那时我便知道孙女不仅是孙女，而且也是我的生命、我的生死了。

出了院，我就常用手推车推着孙女到紫竹园里去。

推着推着她会叫我爷爷了。

推着推着她会下地走路了。

我知道孙女是她爸妈和家人养大的，可我总模糊错觉地去认为，她是被紫竹园给养大的。一岁时，我们带她去紫竹园的游乐园里骑那彩色旋转马。两岁时，还去骑那旋转马。到了五岁了，她还爱骑那旋转木马和坐铁轨小火车。当然了，骑一会儿马要吃一盒冰激凌，饿了也吃一根烤肠或者一些别的啥。

她曾对我说："骑骑、吃吃和喝喝的日子真好啊！"

两岁半的那一年，我俩在紫竹园的竹林里边捉迷藏，累了躺在山上树下的两条石凳上，望着天空和北京城，她经过深思熟虑以后对我道："爷爷——咱俩结婚吧。结了婚你先别老，我也别长大，咱们就住在紫竹园里不回家，饿了吃烤肠，渴了吃盒冰激凌，你说这日子多美多好哇。"

毫无疑问这种想法是人类最难如愿的理想了，是真正真正的谎言乌托邦。可我还是朝她以承诺的信用点了头。

点了头，天黑了我们回家了。

过些天，她在不觉间长到三岁了。长到四岁了。又忽然过了五岁了。时间和北京的人流车流一样不见老，然路啊桥啊的，终归还是老了要不断修修补补了。在一如往日、又时时异新的季节里，我们还是不断地牵着拉着手，到紫竹园里去，不断在竹林、树林、湖面的船上和游乐场的边上讨论世界、物事和我俩结婚的事。因为年月和时间，让她懂了世界、物事和条件，于是她就总是说："想和我结婚你给我买两盒冰激凌、两根烤肠吃。"买了她就答应结婚的事。不买她就嘟着小嘴儿，毅然地别我独自朝着前边的哪儿走。如果这时我折中给她只买一盒或一个，她会很严肃地威胁说：“结了婚，我还会和你离婚的！”

再后来，是今年六月间，我们全家人一起又到紫竹园里去，至一堆有老人在拉吊环、单杠、双杠的各种体育器材的活动场，她看到凡在单双杠上翻滚、吊拉锻炼的人，个个都比我年龄大，尤其在一架不高不低的单杠上，有位八十岁的银须老人竟还在那单杠上连续拉臂和翻转，白色的蓄胡在半空的风里旋转飘荡着，犹如一只白鸽在空中扑棱着翅膀凝着抖动着，让围观的男女都为他惊叹鼓着掌，于是待那老人下杠后，孙女望着我，督促我跃上单杠试一试。待她看见我到了单杠上，不仅不会一个车轮转，而且连一个拉杠也拉不上去时，她的失望如天塌了下来样，对着大家说了一句让她和我都终生沮丧的话：“爷爷——就这你还想和我结婚呀！”

说完她惬意、失落地往前走，我们一家都跟在她后边，这时她的妈妈悄悄告诉我们大家说，她在幼儿园里有两个男生喜欢她，还常常送给她小礼物，比如巧克力和手工班里自己画的画，于是我们都为此怔了怔。为此笑了笑。接着她的爸爸便极度自私、忧郁地对着大家感叹道：“天呀——长大了可怎么办！”

她的奶奶听了很开心，笑得如广场舞中的音乐样。我们继续往前走，路遇了垂柳、竹林、荷花、渠水、湖船、游乐场和茶座咖啡厅。一切都是美的暧昧的，像时间在季节转换中那非春非夏、非秋非冬的临界里的某一刻。游船在水的荷湖间，还是宛若慵懒肥胖的鸭。鸳鸯在河流湖边上，还是如漂在水上闲散悠然的叶。天是洁白的，又是含着污垢的。树是翠绿的，又是叶叶片片都满着灰尘的。孙女在前边，走着走着还会跳起来，仿佛一只飞在天空而毫无方向的鸟。可飞着飞着间，那鸟又有头绪方向了，掉头回来把我拉到路边上，看看前面很神秘机巧地趴在我耳朵上说："还是我俩结婚吧，你老了我也那样推着你，也能让很多人扭头来看我俩。"

而这时，我们一家人的正前方，正有她羡慕的一对洁净、气弱的老人，男的八十岁或近着九十岁，端庄整洁地坐在轮椅上，女的也许七十岁，也许早已过了八十岁，身着素洁钩织的薄上衫，脖子系有一条装饰性的丝绸巾，银色稠密的全白发，有型地在半空飘着荡动着，脸润红，腰笔直，推着轮椅正缓缓从湖堤的岸上走过去。这时所有的游人都给他们让着路，都朝这对老人行着注目礼。如此我孙女就开始在我身后推着我的腰，像前面那对老人女的推着她的先生样——

车轮流水，曲伸皆可，宛若日出、白云和虹都常年留挂人间了。

2019 年 8 月初稿于香港科技大学

11 月改定于北京

图书在版编目（CIP）数据

她们 / 阎连科著. -- 郑州 : 河南文艺出版社,
2020.5（2020.8重印）
ISBN 978-7-5559-0953-8

Ⅰ. ①她… Ⅱ. ①阎… Ⅲ. ①散文集－中国－当代
Ⅳ. ①I267

中国版本图书馆CIP数据核字（2020）第028717号

她们
TAMEN

选题策划　陈　静
责任编辑　陈　静
责任校对　丁淑芳
美术编辑　刘婉君

出版发行　河南文艺出版社
本社地址　郑州市郑东新区祥盛街 27号 C座 5楼
邮政编码　450018
承印单位　天津旭丰源印刷有限公司
经销单位　新华书店
开　　本　890毫米×1240毫米　1/32
印　　张　9.25
印　　数　3,5001-3,8000
字　　数　182 000
版　　次　2020年5月第1版
印　　次　2020年8月第3次印刷
定　　价　46.80元
